脱北航路

月村了衛

幻冬舎文庫

脱北航路

本文デザイン　片岡忠彦（ニジソラ）
photo : Shutterstock/iStock/photolibrary

CONTENTS

主要登場人物

北朝鮮

●潜水艦11号
桂東月（ケ・ドンウォル）　艦長。大佐。
辛吉夏（シン・ギルハ）　政治指導員。上佐。
洪昌守（ホン・チャンス）　副艦長。上佐。
白仲模（ペク・ジュンモ）　機関長。上佐。
弓勇基（クン・ヨンギ）　航海長。少佐。
呉鶴林（オ・ハクリム）　通信長。大尉。
閔在旭（ミン・ジェウク）　魚雷長。中尉。
柳秀勝（リュ・ススン）　操舵員。上士。
尹圭史（ユン・キュサ）　ソナー員。上士。
努永三（ノ・ヨンサム）　レーダー員。上士。
広野珠代　日本人拉致被害者。

●潜水艦9号
羅済剛（ラ・ジェガン）　艦長。大佐。

日本

●巡視船いわみ
鈴本信彦　船長。二等海上保安監。
西村　寛　業務管理官。二等海上保安監。
井上克馬　航海長。三等海上保安監。
梅原泰二　通信長。三等海上保安監。

岡崎誠市　交番相談員。元島根県警巡査部長。
山本甚太郎　島根県波子港の老漁師。

第一章

新浦港——出港の夜

0

外灯もない闇夜の斜面を、車のヘッドライトが登っていく。ロシア製の軍用四輪駆動車UAZ《ワズ》が二台。未舗装の道であるから、どちらの光も小刻みに揺れている。

十一月四日午後七時五十七分。朝鮮民主主義人民共和国の東岸に位置する新浦港《シンポハン》から内陸部に向かって8キロほど離れた地点。高台に建つコテージの門前で、二台は砂埃を巻き上げつつ停車した。相当に築年数が経過している二階建てのコテージは、窓から漏れる微かな明かりがなければそれこそ廃屋とも見まがうものであったろう。それでも狭いながらに庭を有し、古い煉瓦《れんが》の塀に囲まれた建物は、この国では立派に別荘と呼べる造作であった。少なくとも共和国（北朝鮮）の階層制度を構成する3大階層51個分類のうち、最上位の核心階層でなければ住めるものではない。

門衛の兵士が先頭の車に歩み寄る。彼が誰何《すいか》しようとしたとき、助手席の窓が開けられ、乗っていた将校が身分証を差し出し横柄な口調で言った。

「総政治局敵工部、辛吉夏《シンギルハ》上佐」

「失礼ですが上佐同志、来訪のご予定を伺っておりません」

緊張しながら応じた兵に、狷介《けんかい》な目付きをした将校は威圧的に命じた。

「特命である。詳細は責任者にしか説明できない。早く通せ」

兵はたちまちすくみ上がって門を開けた。動き出した先頭車に続き、後続車も敷地内に進入する。

玄関前で停車したＵＡＺから真っ先に降り立った上佐は、武装した兵を引き連れ、屋内へと無遠慮に入り込む。玄関のすぐ内側は小規模ながら吹き抜けのホールになっていた。古い西洋風の建築だ。節電のため照明器具の多くが取り外されていて内部は薄暗い。それでも一般人の住居に比べるとまだ明るい方と言えた。

警備の兵が三人。それに職員らしき数人の男女が、暗がりに身を潜めるようにして様子を窺《うかが》っている。

応対に出てきた下士に、上佐は再度名乗り、身分証を差し出した。

身分証の写真は確かに眼前の男のものであり、その下に記された生年月日によると年齢は三十六。その歳で総政治局の上佐とは相当なエリートである。

「上佐同志、第48特別招待所を預かる宋光《ソングァン》下士であります」

敬礼する下士に、上佐はさらに一通の書面を渡した。

「命令書だ。我々はこれを正確に実行せねばならない」

「拝見します」

薄暗い中、両眼を細めるようにして書面に視線を落とした下士は、驚愕に目を剝いた。

冒頭に［1 호명령］と記されている。1号命令。〈1号〉とは金正恩《キムジョンウン》本人を指す。つまりその命令書が、金正恩直々に発せられた最高機密であることを意味しているのだ。

「明日未明から新浦《シンポ》で大演習があることは君も承知しているな」

「もちろんであります」

直立不動となった下士が機械のように返答する。

上佐は彼の手から命令書を取り戻し、

「聡明なる金正恩同志は演習と並行して107号の移送を立案された。祖国防衛のため軍の隅々にまでお心を配っておられる金正恩同志の叡智《えいち》には感嘆を禁じ得ない」

「同感であります。早速新浦にいる上官に連絡を――」

「馬鹿者っ」

一喝され、下士が直立不動の姿勢に戻る。

「おそれ多くも、金正恩同志直々のご命令をないがしろにするつもりかっ」

「いえ、まさかそんな」

「嘘をつけ。では［1号命令］と書かれていたのが読めなかったのか」

「確かに読めましたっ」

下士の両足は傍目《はため》にもそれと分かるほど震えている。

「いいか、107号の所在は祖国防衛と外交問題の双方に関わる最重要機密だ。我々が移動した後も絶対にここを動いてはならん。たとえ相手が司令部であっても、外部との一切の連絡を禁ずる。電話がかかってきたら異状なしと答えろ。上官どころか司令官がやってこようと、少なくとも演習の終了まで口外は死んでも許されない。それが金正恩《キムジョンウン》同志のご命令である。理解したか」

「理解しましたっ」

「では宋光《ソングァン》下士、すぐに――」

発言の途中で上佐が視線を上げる。

奥の階段から、白いカーディガンを羽織った初老の婦人が下りてくるのが見えた。

一般人ではあり得まい。顔色は蒼白く、髪はほぼ白髪になっているが、毅然とした佇《たたず》まいは品の良さと芯の強さとを感じさせた。

「児《ジ》107号だな」

上佐は直接声をかけた。

「はい」

「ただちに移動する。我々に同行してもらいたい」

「分かりました。すぐに支度をします」

　こういうことには慣れているのか、驚いた素振りもなく引き返そうとした婦人を上佐が呼び止める。

「待て。時間がない。何も持たずにそのまま来い」

「お言葉ですが、私は喘息《ぜんそく》の療養のためここへ移されました。薬がないと、万一移動中に発作が起きたとき――」

「分かった。薬のみ携帯を許可する」

「感謝します」

　一礼した婦人が階段を上ろうとする。上部の廊下から心配そうに見ていた介護役らしい女性が奥へと引っ込み、すぐに小さなポーチを持って戻ってきた。

「二日分あります、これを」

「ありがとう」

　微笑《ほほえ》んで受け取った婦人は、しっかりとした足取りで一階に下りてきた。上佐の部下達がその左右をすかさず固める。

彼女を連行し、上佐と部下達は足音高く去った。

玄関に出た宋光《ソングァン》下士は、漆黒の山道を遠ざかっていく車列のヘッドライトをどこか釈然としない思いで見送った。


同日午後九時三十三分。一台目と時間を空けて新浦《シンポ》港《ハン》に戻った辛吉夏《シンギルハ》のUAZは、コンクリート製の詰所と遮断機のないゲートが設けられた最初の検問で停止を命じられた。

吉夏は自らの身分証を開いてみせる。コテージで提示したのと同じ物だ。本物なのだから疑われるおそれもない。ただし、［敵工部］という部署名は［中隊政治指導員］に変わっている。

運転席の柳《リュ》秀勝《ススン》上士はすでに海軍の制服に着替えていた。他の兵士達が乗ったUAZは三十分以上前に港に入っているはずである。

岸壁には演習のスローガンを掲げた横断幕や、健闘を讃える多くの旗がなびいていた。立ち並ぶ施設の前を過ぎ、海岸線に沿って直進する。夜空に伸びるミサイルの発射試験台が遠望された。他国の軍港と違って警備は緩い。海岸線に巡らされたフェンスはところどころ腐食しているばかりか断続的で、接続道路上に減速帯もない。ウォッチタワーはあるが圧倒的に数が不足している。警備車輌も見受けられない。とは言え合同演習の前だけあって、右往左往する軍人達で騒然とした空気に包まれていた。彼らの頭の中にあるのは、上層部の注意を惹《ひ》かぬよう、自らの担当任務を無難にこなすことだけだ。それ以外はまったく眼中にないと言っていい。

UAZの助手席で吉夏は人知れず笑みをこぼす。これまであえて目を背けていたこの国の実相が、今は明瞭に見えていた。

目的の桟橋は、新浦造船所や保守施設と同じく、海に突き出た岬の先端部に位置している。最後の検問はほぼフリーパスだった。警備兵が吉夏の顔を知っていたからだ。

「出港時刻が迫っております。政治指導員がこんな時間までどちらへ」

顔見知りの兵に尋ねられ、吉夏はごく自然な態度で応じた。

「統制本部から急な呼び出しがあった。それ以上の言明は禁じられている」

「失礼しました」

己の軽口を悔いるように警備兵が敬礼する。

「航海の無事をお祈りしております」

「ありがとう」

ゲートを抜け、UAZは桟橋に向かう。

天候は決していいとは言えなかった。海面は暗くざわめき、風は身体の内側で悪寒にも冷笑にも近いものを醸成する。

それでも港には曳船《えいせん》や連絡船が行き交い、交通量が普段より多くなっていた。取材の準備をしている朝鮮中央テレビのスタッフも目に入った。

西側でロメオ級と呼ばれる旧式の033型攻撃型潜水艦は、すでにドックを出て桟橋に横付けされていた。水中排水量1830トン、全長76メートル、乗組員数54。中国からの技術供与で建造され、八発の魚4型魚雷と十発の機雷を抱えた朝鮮人民軍の主力潜水艦である。あちこちに錆《さび》の浮いた古い船体は、長年潮風に晒《さら》されて年老いた船乗りの体躯を思わせた。

魚雷の搭載は三日前に完了している。今は乗組員達が手渡しのバケツリレーで補充の生鮮食料品や調理不要の弁当《ドシラク》などの搬入を行なっていた。

セイルからは潜望鏡や通信アンテナが露頂し、乗組員が点検に専心している。充電に使用した冷却水の水蒸気が艦尾から立ち上っていた。真っ白な靄《もや》となったそれは、寒さに凍える巨人の吐息のようだった。

隣の艦に接舷した給水船がホースをつなげて飲料水を補給している。その前甲板では水兵が整列し、ミーティングの開始を待っていた。将校達は岸壁でドラム缶の焚火を囲み、茶や菓子などを手にして束の間の情報交換に余念がない。あるいは単なる世間話か。

桟橋全体が演習前の緊張と慌ただしさとに包まれて、夜の空気を自ずと活気に満ちたものへと変えていた。

「そんな装備、こっちのリストには載ってないぞ」

かん高い声が聞こえた。港の補給班長と乗組員が何か言い争っている。

「どうした」

ＵＡＺを降りて補給班長に声をかける。

吉夏《ギルハ》の制服と階級章に気づいた補給班長が敬礼し、

「はっ、ここにある救命ボートですが、搬入予定に含まれておりません」

補給班長は円筒形のバッグに収納された状態のゴムボートを指差した。六人乗りのものが全部で六艇もある。

「当然だ。本艦には特別訓練が課せられたばかりである。そちらに連絡が行ってなくてもおかしくはない」

「念のため確認を取りますので、しばらくお待ちを――」

「その必要はない」

吉夏は懐から再度命令書を取り出した。１号命令の文字だけを強調するように見せつけ、

「金正恩《キムジョンウン》同志のご発案による極秘訓練だ。金正恩同志は賢明にも確認行為による機密の漏洩《ろうえい》を懸念しておられる」

補給班長が息を呑む。

そこへ柳秀勝《リュススン》上士がUAZの後部から大きなトランクを重そうに運んできた。

「それは……」

不審そうな補給班長に、吉夏《ギルハ》は平然と告げる。

「同じく訓練に使用する装備だ。特命により小官が某所より直接運んできた。言うまでもなくこの件もまた口外を許可されていない。同命令は今この瞬間から君に対しても適用される。分かったか」

「はっ」

補給班長に反論の余地はない。

「ではただちに搬入せよ。機密部品が入っているため取り扱いには充分に注意するように」

吉夏が命じると同時に乗組員達がそれらを手際よく搬入し始めた。トランクは艦のハッチをぎりぎり通過できるサイズであった。

「辛《シン》政治指導員」

セイルの上から呼びかける声がした。長身で筋肉質の偉丈夫が立っている。副艦長の洪昌守《ホンチャンス》上佐であった。

「艦長がお待ちです。至急艦長室へお越し下さい」

「分かった」

返答しながら吉夏は早足でタラップを上っていった。

「出港の準備は」

小声で問うと、副艦長は短く答えた。

「順調だ」

頷《うなず》いて昇降ハッチから艦内へと入る。同時に異様な臭気が押し寄せてきた。吉夏は反射的に顔をしかめる。鉄と錆。血と油。食物と排泄物。何よりも潮と汗。それらが渾然一体となった独特の臭いだ。これを嗅ぐと、吉夏はいつも強制労働収容所の特別教導室――〈教導〉とは〈拷問〉の意に他ならない――に染みついたあの耐え難い悪臭を想起する。

空調機は作動しているはずだが、貧民窟の地下室よりも湿って淀んだ空気は、艦内にしぶとくしがみついていつかな離れようとしない。こんな場所に何日も、何十日も籠もりきりとなる潜水艦乗組員とは、選考時必要とされる資質に嗅覚異常が含まれているのではないか――半ば本気でそう思うことがある。

「お待ちしておりました、上佐同志」

昇降筒のすぐ下で、副政治指導員の李清敬《リチョンギョン》少佐が出迎えた。三十を過ぎたばかりの若さで、総政治局員として潜水艦に乗り込むのは初めての男である。

「統制本部の方はどうでした」

「本艦に特別命令が下った」

「特別命令？　演習中にですか」

さりげなさを装った仕草で清敬《チョンギョン》の耳許《みみもと》に顔を寄せ、囁《ささや》くように告げる。

「厳密には演習内容の変更だ。詳しくは後で話す。引き続き乗組員の指導に専念してくれ」

「はっ、お任せ下さい」

重要な仕事を託されているという感激も露わに、清敬は全身に意欲を漲《みなぎ》らせて敬礼した。

圧迫感を覚えずにはいられぬほど細い通路を、吉夏《ギルハ》は副艦長の先に立って進む。艦首側に向かって右、ドアで仕切られた艦長室に入る。壁収納型のベッドにデスク。ごく狭い空間だがそこには吉夏が運んできたトランクが置かれていた。

「うまくいったようだな」

艦長の桂東月《ケドンウォル》大佐が低い声で言う。中肉中背で、これといった特徴のない容貌。有力者の引きもなく潜水艦艦長に抜擢されたほどの人物だが、それだけに苦労したのか、四十七歳という年齢よりもずっと老けて見える。あるいは、深海の重圧に耐え続ける潜水艦勤務とはそこまで生命力を消耗させるものなのか。

「ええ、今のところは」

「彼女の反応は」

「否《アニ》でした」

桂艦長の表情がたちまち灰色の海面よりも曇っていく。

洪《ホン》副艦長はドアの隙間から外を窺いながら、二人のやり取りに耳を澄ませていた。

「場合によっては薬物を使用するつもりでした」

艦長の視線が怒気を孕《はら》む。

「それは最後の手段であったはずだ」

「ご安心を。私の説得により、最終的には我々の提案に同意してくれました」

「本心からだな？」

「はい。そうでなければより安全な策を採らざるを得なかったでしょう」

「君の慎重さには感心するよ」

「皮肉ですか。私には非難のように聞こえました」

「解釈は自由だ。しかし――」

吉夏は無遠慮に相手の言葉を遮った。

「ご懸念は無用に願います。我々は〈同志〉ですよ、艦長」

副艦長が視線を室内へと移す。その顔には、艦長に対する政治指導員の尊大な態度への不快感が浮かんでいた。

今回の合同演習は陸海空軍による大規模なものであった。地域的には咸鏡南道《ハムギョンナムド》を中心とするため第7軍団の担当となった。演習指揮官は朝鮮人民軍総参謀部長である金錫宣《キムソクソン》人民軍元帥である。

同日午後十一時二分、咸興《ハムン》市にある第7軍団司令部に立つ金総参謀部長に、第7軍団長の崔宗憲《チェジョンホン》中将が報告を行なった。

「演習準備、完了しました」

総参謀部長の側に控えた各軍の高官達も、緊張を隠した無表情でありながら、どこか満足そうに聞いている。

金日成《キムイルソン》と金正日《キムジョンイル》の肖像画が睥睨《へいげい》する室内は、中国製の電子機器が放つ熱のせいで外よりも蒸し暑く感じられた。人民軍元帥、各軍指揮官とその参謀達は正面の大型モニターを見つめているが、二十人あまりの管制官はそれぞれの担当に応じてコンソールやパソコンのディスプレイに向き合っている。

各軍の図上段階及び基本訓練段階はすでに終了し、対水上、対潜、対空の総合攻撃訓練が始まろうとしている。その最終段階において、金正恩《キムジョンウン》総書記の視察が予定されているのだ。

　演習が成功裏に終われば、その華々しい成果は世界に報道され、アメリカとその同盟国を畏怖せしめるのみならず、総書記の威光を広く喧伝することになろう。そして自分は総書記から一層の信頼を得る。それは取りも直さず軍における権力基盤の強化につながるはずだ——金総参謀部長はそんなビジョンを描いていた。

　人民軍元帥の地位にまで上り詰めようと、一旦総書記の不興を買えば悲惨な末路が待っている。総参謀部長はむしろ引退後の保身と一族の安寧に心を砕くばかりであった。

「およそ四時間後、〇三〇〇に０３３型潜水艦11号が出港します。それを皮切りに全軍の演習開始。現在進行にいささかの遅滞もありません」

　得意げに言う崔中将は、海軍部隊の指揮官である姜徳勲《カンドクフン》中将に向かい、

「11号に同乗する政治指導員は辛吉夏《シンギルハ》上佐でしたな」

　姜中将は謹厳そのものといった態度を崩さず応じる。

「総政治局でも屈指の逸材と聞いております。なんでも近々に大佐への昇進が内定しているとか」

　しかし総参謀部長は、姜の言葉にどこか軽侮の臭いを感じずにはいられなかった。

　辛吉夏の叔父は国務委員会の委員であり、少し前まで次期副委員長の筆頭候補と目されていた。それが突然失脚したばかりか、保衛司令部に逮捕監禁されているのは、海外での不正

蓄財が発覚したためである。発覚の端緒は、他ならぬ甥《おい》の告発であった。

その功により、吉夏《ギルハ》は栄達の道をつかんだのだ。金《キム》総参謀部長と同じく姜《カン》中将も、そのことを熟知しながらまるで触れようとはしなかった。

もちろん不正蓄財など党に対する反逆以外の何物でもないし、決して許されることではない。だがそれを言うなら、総書記とその一族の莫大な隠し財産はどうなるのか。

どうもならない。

老いたる人民軍元帥は当然のこととしてそれを呑み込む。この国に生きる者にとって、〈あるはずのない物〉が見えないことは恥じるにも値しない。

しかし軍人として、姜中将が辛《シン》吉夏を嫌悪していることは明らかであった。金もまた姜と同じ心情であったからだ。

「金正日《キムジョンイル》首領の主体《チュチェ》思想に関する論文を党の地方大会で全文暗誦したという辛上佐なら、きっと素晴らしい統率力を発揮してくれることでしょう」

崔《チェ》中将は軍人の気質を持たない。それが今日の地位を得たのは、ひとえに支配層の顔色を読むことにのみ長《た》けた特技のゆえである。

「辛上佐の評価については私も大いに賛同します」

姜がゆっくりと口を開いた。

「だが、中将同志は少し勘違いをしておられるのではありませんか」

「と申されますと」

問い返した崔に、姜が嫌みに聞こえぬ程度に抑えて言う。

「『政治的優位性こそは、革命武力の本質的優位性であり、その腐敗の源泉である』」

それこそ金正日の著作『主体思想の継承と発展』からの引用であった。「腐敗の源泉」の一節は、同時に危険な皮肉ともなっている。だが出典が金正日の著書である以上、そうと指摘できる者はこの国のどこにもいない。

「艦の指揮はあくまで艦長が執るもの。桂《ケ》艦長は潜水艦乗りとしては我が海軍でも一、二を争う優秀な人物です。祖国解放戦争（朝鮮戦争）における金日成《キムイルソン》首領の如く、艦長が艦を操り、党の誇る政治指導員が主体思想で以て乗組員の忠誠心を高めれば、演習は大成功間違いなしと言えるでしょう」

配慮に配慮を重ねた巧妙な言い回しに、崔も苦笑せざるを得ない。

「なるほど、これは迂闊でした。桂東月《ドンウォル》の勇名は私も聞き及んでおります。海軍には優れた人材が揃っておるようですな」

二人のやり取りに対し、総参謀部長は顔の筋肉だけでにこやかに笑ってみせ、全体の配置状況を示すコンソールパネルに視線を戻す。

茶番に付き合っている暇はない。今は演習の成功が第一だ。

〈客〉のいなくなったコテージで、宋光下士《ソングァン》と兵士達は、無言で顔を突き合わせていた。警護対象者はすでにいない。それでも自分達は、通常通りに警護しているふりをしながら待機し続けねばならないという。

「宋光下士……」

部下の一人が何かを言いかけ、思い直したように黙ってしまう。

言いたいことは分かっている――

宋光は突然現れた上佐について考えていた。確かに１０７号はこれまでも頻繁に住居を変更させられている。しかしあの上佐の態度はどこか不審であった。

自分達は疑うことを許されてはいないし、そもそも疑うに足る具体的な根拠もない。筋は通っているが、それでも万一のことがあればこの場にいる全員が〈処理〉されるのは必至であった。

介護士や調理師をはじめとする職員達も、不安そうな面持ちでこちらを見ている。

突然電話が鳴った。

兵の一人が立ち上がって壁際の台に走り、受話器を取る。

「……は、お待ち下さい」

応答した兵が、こちらに受話器を差し出す。

「鄭赫峰《チョンヒョクボン》特務上士からです」

国家保衛省に所属する鄭は、兒《ジ》107号を監督する立場にある上司であるが、自らコテージに電話してくることは滅多にない。こちらから定時連絡を入れるのが通例であった。

宋光は嫌な胸騒ぎを覚えつつ電話に出た。

「お待たせしました、宋光下士であります」

〈鄭赫峰だ。107号の担当医師より連絡があり、先日処方した薬の効果について至急確認したいとのことだった。すまないが107号を呼んできてくれ〉

いきなり言葉に詰まってしまった。

〈どうした、就寝にはまだ間があるはずだが〉

「いえ、それが……」

〈寝ているようなら起こしても構わん〉

言葉が見つからない。あの上佐は上官にも口外するなと言っていた。なにしろ金正恩《キムジョンウン》同志のご命令である。選択肢はどこにもない。

〈どうした、宋光。何を黙っている〉

異変を感じ取ったのか、鄭《チョン》特務上士は声を荒らげた。

〈まさか、107号の所在を見失ったというのではあるまいな〉

「そんなことは……」

否定しようとしたが、最後まで言い切ることはできなかった。

〈これからすぐそっちへ行く〉

電話は切れた。

受話器を戻しながら、宋光《ソングァン》は全身から血の気が引いていくのを感じていた。鄭は日頃から容赦ない苛烈な尋問ぶりで知られている。その追及に対し、自分は果たして抵抗し続けることができるだろうかと。


11号の発令所で当直士官が矢継ぎ早に発声する。

「本艦は一時間後〇三〇〇に出港する。各部は出港準備を開始し、完了後に報告せよ」

「ただ今より警報試験を行なう」

「ただ今より汽笛を試験する」

指示に従い、乗組員達がこれまでの訓練通りに行動する。

「〇二〇三に時刻調整を行なう。各部所は時刻調整の準備にかかれ……一分前……三十秒前

「……十五秒前……十秒前……五、四、三、二、一、執行。現時刻〇二〇三」

そして二時三分、時刻調整を終えた航海長の弓勇基《クンヨンギ》少佐は、持ち前のしゃがれ声で指示を飛ばす。

「演習用航海図の確認はしているのか。訂正が入っているぞ」

魂まで凍《い》てつきそうなその声は、酒で潰したとも喧嘩《けんか》でやられたとも言われているが、本当のことは誰も知らない。

「はっ、訂正を確認、修正済みであります」

「不具合箇所は修理完了か」

「完了しております、航海長」

航海長の部下達が他の部所の誰よりも俊敏なのは、〈水妖〉の異名を取るその声の恐ろしさゆえであるとも言われている。

通信長の呉鶴林《オハクリム》大尉が整った眉根に皺《しわ》を寄せて命令する。

「水上レーダー、VHF、UHF動作確認を行なう。水上レーダー、VHF、UHFアンテナを上げろ」

鶴林は次に自らマイクに向かい、

「港湾基地局、こちら11号、聞こえるか、港湾基地局」

〈11号、港湾基地局、感度明度良好〉

期待通りの返信を受けたとき、鶴林《ハクリム》の面上に浮かぶ深い皺は消滅し、兵の間で密かに「南鮮（韓国）の映画スター並み」と囁かれる甘い容貌に戻る。

魚雷室では魚雷長の閔在旭《ミンジェウク》中尉が魚雷信号の配線をチェック、安全を確認。

機関室にいる機関長の白仲模《ペクジュンモ》上佐が機関員にディーゼルエンジンの再始動を指示。

セイルに出ていた桂《ケ》艦長は、伝令からの報告を受ける。

「艦長、エンジン始動しました」

「ご苦労」

桂艦長は表情を変えずに言い、艦内に入った。

乗組員居住区画を抜け、艦の中央部に位置する発令所へと戻った艦長に洪《ホン》副艦長が報告する。

「艦長、出港準備整いました」

「よし。各員その場で待機。演習統制本部の指示を待て」

落ち着いた口調で命じ、桂艦長は発令所を見回す。

副艦長と辛《シン》上佐がこちらを見つめて微かに頷くのが分かった。

日付が変わった十一月五日午前二時十三分、平壌《ピョンヤン》の大城《テソン》区域龍北洞《リョンブクトン》にある保衛司令部指揮部では、1部から5部までの部長が集まって緊急会議を続けていた。普段使用される会議室ではなく、機密性の高い特別室を使用している。盗聴防止システムは完備されているが、その分密閉された室内の居心地は決していいとは言えなかった。実用一点張りの古い椅子も、化石化しているのかと思えるほどに硬くて痛い。

「新浦《シンポ》で間もなく演習が開始される。辛吉夏《ギルハ》はすでに政治指導員として乗艦している。彼を逮捕しようとすれば、演習の遅れは避けられない。今から逮捕するのは無理だ」

組織計画部である1部の部長が言えば、捜査部である2部の部長が猛然と反論する。

「奴自身の不正蓄財を発見できなかったのは我々の落ち度だ。また演習の予定に影響を与えてはならないことも承知している。しかし、だからと言って共和国に対する裏切り者を放置することはできない」

「放置するとは言っていない。演習の終了を待って、艦が帰投したところで逮捕すればいいだけだ。潜水艦に乗っているのなら逃げ場はない。すでに拘束したも同じことだ。金《キム》総参謀部長に事情を説明し、帰投予定の港に部隊を配置しておけば万全だろう」

1部長の言は説得力があった。現状ではそれしか打つ手がないことを各人が理解している。

「分かった。では統制本部との連絡は1部に一任するとしよう」

1部は全体業務を統制し、軍団と師団以下の各保衛部隊への伝達の任を担っている。この場合、演習を指揮する統制本部との窓口としては最適であった。

午前二時十七分。鄭赫峰《チョンヒョクボン》特務上士は、特別招待所に設置された電話のボタンを押していた。滲《にじ》んだ汗で指が何度も滑りそうになる。電話をかける、ただそれだけの行為が、彼のこれまでの人生でも最大の難事業と化していた。

その背後では、整列した警備兵と職員達が一様にうなだれて立っている。職員の中にはすすり泣いている者も何人かいた。この先に待っている未来を思えば当然の反応だ。

「こちらは第48特別招待所、鄭赫峰特務上士である。大至急保衛司令部指揮部4部につないでくれ……最優先の緊急事態だ」

部長達が辛吉夏《シンギルハ》逮捕の段取りについて細部を詰めていたとき、ノックとともに少佐の階級章をつけた将校が足早に入室してきた。

「失礼します」

各部長が不快そうに顔をしかめる。

「会議中だ。入室は厳禁と言ってあったはずだぞ」

叱りつけた4部長に歩み寄った少佐が、その耳許で何事か囁いた。

4部長がたちまち顔色を変える。

「本当か」

「は、新浦《シンポ》でも確認させました」

「分かった。下がって待機してくれ」

「はっ」

少佐が退室するのを待って、4部長が他の部長達に向かって言う。

「辛吉夏が兒《ジ》107号を特別招待所から無断で連れ出したらしい」

4部は監察部であり、軍関連犯罪を担当する。

他の部長達は互いに顔を見合わせた。

「あり得ない。どういうことだ」

2部長が詰問する。

「辛吉夏は総政治局員である自身の身分証を利用した。ただし所属を敵工部であると偽ったそうだ。さらに奴は、命令書を提示して警備に当たっていた兵達を黙らせた。その命令書には、あろうことか1号命令と記されていたらしい」

「まさか——」

他の部長達が絶句する。4部長は苦渋に満ち満ちた表情で、

「明らかに偽造だが、末端の兵にそれを確かめるすべはない。確認を求めることさえ許されてはおらん」

金正恩《キムジョンウン》直々の命令書を偽造する——この国において、それは絶対に犯してはならない最大の罪であった。

「しかし、吉夏《ギルハ》はなぜそんなことを。ばれるのは時間の問題じゃないか」

3部長が投げかけた当然の疑問に対し、2部長が捜査畑らしく即答する。

「107号を連れ出すことさえできれば、すぐにばれても問題はない——そう考えての計画的犯行に違いない」

その意味を悟り、部長達はさらに驚愕する。

4部長は最も苦い顔で付け加えた。

「報告はもう一つ。特別招待所からの急報を受けた部下が、新浦港《シンポハン》に配置した保衛軍官に調べさせたところ、吉夏の乗艦に予定外の物資が搬入された形跡があるという」

その言葉に、他の部長達が一斉に立ち上がっていた。

辛吉夏《シン》の狙いは明らかだ——

「すぐに演習統制本部に連絡だ。奴の乗艦を絶対に発進させてはならん」

時刻は午前二時五十五分を過ぎていた。

第7軍団司令部に設けられた演習統制本部では、管制官達が各部隊から続々と入る報告を受けていた。

〈演習統制本部、こちら射撃統制本部、第三回の陸上試験射撃完了、安全確認終了〉

〈演習統制本部、こちら空域管制、演習空域を飛行中の旅客機は空域を離れた。現在空域に航空機なし〉

〈演習統制本部、こちら海上警戒船67号、海域内を警戒中〉

〈演習統制本部、こちら気象隊本部、雷雲は東方に抜けた。現在空域に雷雲なし。ただし31区から42区にかけて高度5000フィートに積乱雲が点在〉

最新の気象情報も天候が思わしくないことを告げていた。さらに悪化する兆候も見せている。

それでも演習に影響はないはずだ。今回の演習海域は領海外へも広がっているが、南鮮や日本まで侵攻しようというものではない。

何も問題はない——金《キム》総参謀部長は改めて自らに言い聞かせる。

午前二時五十七分。無数のディスプレイを見つめる総参謀部長に、副官である趙《チョ》海星《ヘソン》大佐が告げた。

「閣下、保衛司令部より緊急連絡が入っております」

「演習開始時刻が迫っている。後にしろ」

「そう伝えたのですが、向こうは最重要案件であると繰り返し――」

「では君が代わりに聞いておけ」

「承知しました」


午前二時五十八分。艦長、航海長、航海員、及び警戒員はセイルの上にある上部指揮所に立ち、夜の潮風に晒されていた。

桂東月《ケドンウォル》艦長は全身を切り刻まれるような苦痛に耐える。風の冷たさにではない。まったく別種の苦痛にである。

無数の土嚢《どのう》でも背負ったかのように、時間がその進行速度を鈍らせる。地上では光速で過ぎゆく時間が、今は海底の亀よりものろい歩みを見せていた。

まだか――時間よ、早く――

焦ってはならない、そう自らを戒めつつ、東月は暗い海を眺める。

隣に立つ弓《クン》航海長は言うまでもなく、発令所にいる洪《ホン》副艦長や機関室の白《ペク》機関長らも息を詰めて出港の時を待っていることだろう。

東哲《ドンチョル》――

東月は静かに弟を想う。憤怒の念が甦《よみがえ》り、疲弊した身体と精神の熱源となる。

見ていてくれ――おまえの無念は、俺が必ず――

午前三時。曳船から舫《もやい》が解かれた。

「艦長、曳船離れました」

弓航海長の報告にすかさず応じる。

「潜水艦11号、出港。針路2－0－0、前進微速」

航海長がインターコムに向かい、

「右舵30度、両舷前進微速」

指示はすぐさま発令所から機関室へと伝えられる。

「舵を中央、両舷半速、新浦《シンポ》航路に入る」

航海長の指示に続き、航海員と警戒員が口々に発する。

「新浦西2号航標まで距離1海里《ヘリ》」

「左20度、距離300に操業中の漁船」

「漁船確認した」

航海長が漁船を回避し、艦は港外へと出る。夜が一層黒く冷たくなった。

「新浦西《シンポ》2号航標を抜けた。針路速力このまま、次の転針点まで1・2海里」

弓勇基《クンヨンギ》の指示は常に的確だ。航海員の信望も厚い。ただし、地を這う風よりも低くしゃがれた声の聞き取りにくさだけは不評のようである。

馬養島《マヤン》から30キロ以内は水深50メートル前後の海域が続いているため、そこを抜けるまでは潜航できず、水上航走を続ける必要があった。

馬養西信号所を抜けてから、東月《ドンウォル》は勇基らとともに垂直ラッタルを下りて発令所へ移動した。上部指揮所に残った警戒員は、航海用具の後片付けと水密作業を行なってから移動することになる。

発令所区画内、進行方向に対し左の並びにチャート室とソナー室に挟まれる恰好《かっこう》で設置されたレーダー室から、レーダー員の努永三《ノヨンサム》上士が告げる。

「馬養岬まで1・06海里」

「左舵10度」

航海長の指示を柳秀勝《リュスス ン》操舵員が復唱する。

「左舵10度」

東月はそこで一際声を張り上げて命じた。

「両舷、全速」

艦全体がやや傾くのが分かる。

目に浮かぶ――左舵を取って傾いているところへ速力を上げたため、旋回する艦の舳先《へさき》から白い波が美麗に流れる。すべての船乗りが高揚を覚える一瞬である。

だが今の東月には沸き立つ血さえ失われている。ただひたすらに〈計画〉を進行させるのみだった。

「艦長、現在馬養島南２２００、針路０９０、速力12ノットです」

馬養島沖を東進するのは、馬養島の監視塔や近くにいる艦艇の疑いを招かぬための用心だ。

航海長の報告に頷いて、東月はおもむろに発する。

「両舷、速力15ノット」

これから艦は一直線に演習海域へと向かうことになるのだ。


海軍潜水艦部隊の先陣を切って11号は水上航走を続けている。水上艦艇もすべて出港準備を終えつつある。

空軍戦闘機部隊では、大勢の整備員が機体の周りで作業を続けている。

陸軍沿岸砲部隊は、ロケット砲部隊、榴弾砲部隊車輌のエンジン始動、海岸への移動に向けて準備中である。陸軍特殊部隊も配置に就いた。

「第25航空連隊第1大隊全機対艦ミサイル搭載完了」

「特殊作戦航空大隊全機離陸準備完了」

「旗艦護衛艦23号すでに出港済み、現在、魚雷艇部隊出港中」

「第38沿岸ロケット大隊、ロケット弾装填完了」

演習統制本部内のあちこちで管制官達の声が飛び交っている。

複数のディスプレイでそれらの映像を確認し、総参謀部長は深い満足感を覚えた。

「金正恩《キムジョンウン》同志もきっとご満足なさることでしょう」

崔《チェ》中将の言葉が自慢にも追従にも聞こえないのは、実際に各艦の動きが勇壮且つ整然とした美を夜の海上に放っているからだ。

誰しもがその光景に陶然としていたとき、

「閣下っ」

顔色を変えた趙《チョ》大佐が走ってきた。

「何事だ」

うるさそうに振り返った総参謀部長と司令官達に、大佐は裏返った声で告げた。

「11号を停船させて下さい、早く、一刻も早くっ」

「何を言っているんだ、君は」

崔中将が呆れたように言う。

「保衛司令部より連絡あり、総政治局の辛吉夏《シンギルハ》上佐が兒《ジ》107号を特別招待所より拉致し、11号に乗艦させた疑いありとのことです」

高官達は一人残らず音のない稲妻に打たれた如くに硬直した。

「馬鹿な、政治指導員がどうしてそんなことをせねばならんのだ。敵の攪乱《かくらん》ではないのか」

「保衛司令部によると、辛上佐には拘束命令が出ているそうです。そのため、今回の演習に乗じて亡命を図っているものと――」

海軍部隊指揮官の姜《カン》中将が管制官の一人に問う。

「11号の現在位置は」

「新浦《シンポ》基地から東方20海里、10ノットで東方に移動中」

事態の緊急性と重大性を理解し、金《キム》総参謀部長は自分でも老いた鶏のように聞こえる声で叫んだ。

「直昇飛行機《チクスンピヘンギ》（ヘリコプター）で接近し特殊部隊を降下させろ。潜水艦に乗り込み、逃亡を阻止せよ。射撃を許可する。実弾搭載艦は11号を追跡、射程内で射撃待機。空軍機は対艦兵装を搭載して上空待機。絶対に潜航させてはならん。沈めずに拿捕《だほ》するのだ」

本当に兒《ジ》107号が11号に乗っているのなら、撃沈するわけにはいかない。

だが、最悪の場合は――

潜水艦11号の発令所で努《ノ》永三《ヨンサム》レーダー員が叫んだ。

「妨害電波により水上レーダー不能」

来たか――第55航空旅団第1大隊の分遣隊だな――

東月《ドンウォル》は心中で呟く。

Su‐25K攻撃機スホーイがECMで電波妨害を行なっているのだ。演習統制本部は明らかに拿捕を目的としている。次に想定されるのは、破片効果榴弾であるS‐5Mロケット弾を炸裂させて破片を振りまき、こちらの動きを止めようとする攻撃だ。狙ってくるのは、マストと艦尾か。一発で七十五個の破片を炸裂させる破片効果榴弾であるS‐5Mは、こちらの航行を止めるのに最も適した兵器であった。

「空軍機だ。ロケット弾が来る。電波探知作動」

ESMマストは妨害電波の発信方向のみを探知することを可能とする。

「方位290より強電波受信」

努上士の報告に、

「デコイランチャー、発煙弾準備。警戒員、上部指揮所で敵弾観測配置」

ヘルメットと防弾ベストを着用した警戒員二名が急ぎ上部指揮所に上がっていく。

〈発煙弾投射準備完了〉

〈上部指揮所配置完了〉

〈方位290、低高度、スホーイ三機接近〉

機関員と警戒員の報告が立て続けにインターコムから流れてくる。

「総員衝撃に備えろ」

洪昌守《ホンチャンス》副艦長が怒鳴った次の瞬間、警戒員の声が響いた。

〈スホーイ、ロケット弾を発射〉

艦内に動揺のざわめきが広がる。

「なんで撃ってくるんだっ」

憤慨と困惑の入り混じる声を上げているのは、〈計画〉について知らない士官だ。

次の瞬間、艦全体が衝撃と轟音に揺れた。一拍の間があって、まるで民家の屋根に降り注ぐ霰《あられ》のような音が響いてきた。破片弾が船体外殻を叩いているのだ。

「発煙弾投射」

東月の命令により発煙弾が投射される。

上空のスホーイには艦が被弾したように見えたことだろう。二次攻撃を煙幕で防ぐ効果も期待できる。

〈上部指揮所一名負傷〉

「救護員、上がれ」

副艦長が命令すると同時に、警戒員の声が伝わってきた。

〈後方から直昇飛行機四機接近。距離2海里〉

「上部指揮所、各員戻れ」

昌守《チャンス》は急いで次の指示を下す。

李清敬《リチョンギョン》副政治指導員が蒼ざめた顔で上官の吉夏《ギルハ》に向かい、

「こんな訓練計画は聞いておりませんが」

「直前に変更されたのだ。乗組員の練度を確認するためのものである。何事に対しても冷静に対処していれば問題はない」

吉夏の説明に、清敬も納得している。

〈上部指揮所閉鎖。警戒員二名、救護員二名全員収容〉

艦内放送がかん高く告げる。

「ベント弁開け。メイン・バラスト注水。急速潜航」

そう命じてから、東月は側《ドンウォル》に立っていた吉夏の耳許で囁いた。

「思ったより早かったな。保衛司令部にでも嗅ぎつけられたか」

「なに、予想の範囲内ですよ」

軽い口調で応じた吉夏は、しかし自らの失態をごまかすようにうそぶいた。

「英雄たる桂《ケ》東月艦長なら、この程度は楽に切り抜けられるでしょう」

「君に教えておいてやろう。海での戦いにおいて、楽に済むことなど一つもない」

吉夏への腹立ちを抑えつつ、

「対水上電探、電支下げろ。第二潜望鏡」

第二潜望鏡を覗き込んだ東月は、演習統制本部の打ってきた手に少なからず驚いた。

特殊作戦軍海上襲撃旅団分遣隊のＭｉ－８輸送ヘリであった。

潜水直前のこのタイミングで特殊部隊を送り込むのか――

統制本部もそれだけ必死だということだ。

特殊部隊はヘリからファストロープ降下で乗り移ってくるに違いない。潜水艦の昇降ハッチは非常時に備え外部からでも開けられるようになっている。

だがこちらはすでに潜航を開始している。

ギリギリだが、逃げ切れる――

そのとき艦全体が着底したかのようにがくんと揺れた。多くの乗組員が慌ててバランスを取っている。

「潜航が止まりました」

航海長が苦々しげに言うと同時に、インターコムから機関長のさらに苦い声が聞こえてきた。

〈ロケット弾攻撃により注水ベントに不具合発生。配線の問題かと思われます〉

「ただちに修理にかかれ」

副艦長が間髪を容《い》れず指示を下すが、ヘリは依然接近中なのだ。

水上航走中の潜水艦とヘリとでは速度に差がありすぎる。

乗組員達は全員が不安そうに頭上を見上げていた。

吉夏《ギルハ》もさすがに脂汗を浮かべている。他の者達と違い、〈計画〉を知っているだけに生きた心地もしないといったところか。それは東月《ドンウォル》とて同じである。

追いつかれた――

第二潜望鏡の中で、艦の上空に達したヘリがホバリングしている。

特殊部隊がファストロープ降下を開始した。昇降ハッチを開けられたらおしまいである。

瞬く間に艦内を制圧されるだろう。

頭上で断続的に軽い音がした。特殊部隊員が次々と甲板に降着しているのだ。

「なんなんだ」「これは本当に演習なのか」「まるで実戦じゃないか」「特殊部隊とやり合うなんて話、聞いてないぞ」「さっきの攻撃と関係あるのか」

乗組員達が騒ぎ始めた。

突然、ハッチから金属が大きく軋《きし》む音が伝わってきた。専用の装備でハッチをこじ開けようとしているのだ。

「おい、何やってんだ?」「さあ?」「乗り込もうとしてるんじゃないのか」

乗組員達がいよいよ動揺を見せる。

老朽艦とは言え潜水艦の昇降ハッチを外から開けるには多少の時間がかかる。民家のドアとはわけが違うのだ。その間に艦が潜航し始めたら彼らは暗黒の海に投げ出されることになる。こちらの故障を知らない彼らは、万一を慮《おもんぱか》って爆薬を使おうとするかもしれない。いや、すでに演習統制本部から爆薬使用の指示が出ていると考えるべきである。

「修理はまだかっ」

副艦長がインターコムに向かって叫ぶ。

〈あと一分待って下さい〉

「待てないっ。早くやれっ」

ハッチの外から響いていた騒音がやんだ。やはり爆薬の準備にかかっているのだ。

「機関長、まだかっ」

〈配線修理完了。注水できます〉

時を移さず東月は叫んだ。

「急速潜航、ベント弁全開、下げ舵10度」

間に合うか——


「間に合わないっ」

崔《チェ》中将が悲鳴のような声を上げた。

現場の状況をリアルタイムで映し出しているモニターの中で、11号の甲板が水に浸かり始めた。ファストロープ降下した特殊部隊の隊員達は着用していた救命胴衣を慌てて圧縮空気で膨らませる。たちまち彼らは波間で不恰好にもがくしかない無力の身となった。

金《キム》総参謀部長は決断した。

「H－5爆撃機編隊、対艦ミサイルで潜水艦11号を攻撃せよ」

陸軍の朴容国《パクヨングク》中将が顔色を変える。

「お待ち下さい。現場では直昇飛行機二機が隊員を救助中です。今攻撃すれば隊員達は、いや救出に当たっている二機も——」

「構わん。拿捕が無理なら撃沈しかない。今を逃すわけにはいかんのだ」

朴中将が黙り込んだ。

当然である。ここで11号を沈めねば、自分達全員の明日はない。

総参謀部長は無数のモニターで状況を確認する。命令はすべて迅速に伝達された。

〈ヘチャン1、こちらコンワン〉

〈コンワン、こちらヘチャン1〉

〈ヘチャン編隊に対して撃沈許可を出す〉

『空王《コンワン》』、すなわち航空司令部とH－5爆撃機『海槍《ヘチャン》』との通信が演習統制本部に響き渡る。

〈ヘチャン編隊全機、我々は撃沈命令を受けた。全弾、電波ホーミングをセットし距離2里、高度3000で発射開始〉

〈ヘチャン2からヘチャン1、潜水艦11号の上空に直昇飛行機二機を確認。被弾または誘爆のおそれあり〉

〈構わず撃てとの命令だ。全機対艦ミサイル発射〉

これまでにない衝撃が11号を襲った。

激しく揺れる艦内で全員が持ちこたえる中、一人澄ました顔でヘッドフォンでの観測に集中していたソナー員の尹圭史《ユンキュサ》上士が振り返る。

「海面で爆発音、六発を確認」

幸いにも直撃は免れたようだ。

「艦内確認、浸水を点検せよ」

副艦長が命じているそばから、尹ソナー員は持ち前の無表情で言った。

「待って下さい、水上艦二隻接近中。目標『カ』の距離3海里、目標『ナ』の距離10海里。速力35。方位変わらず270」

目標は発見と同時にカナダラ順で呼称される。「カナダラ」順とはハングルの順番で、英語の「ABC」、日本語の「あいうえお」に相当する。朝鮮人民軍や韓国軍で使用される場合には、米軍における「アルファー、ブラボー、チャーリー」と同じ意味を持つ。

「速度からするとシンフン級魚雷艇だな」

見えるはずのない海面のはるか向こうを見据える気迫で東月《ドンウォル》は発した。

「近すぎます、艦長。どうなさいますか」

「落ち着け、と言いたいところだが、君は充分に落ち着いているようだな」

昌守《チャンス》は無言で微笑んだ。

この男がいてくれて本当によかった――

東月は決然と命じる。

「目標『カ』に対して魚雷攻撃を敢行する。艦尾7番魚雷発射準備」

「艦尾7番魚雷発射準備」

昌守がインターコムに向かって復唱する。

奇妙なことに、指揮官の動揺は微妙なブレとなって艦の機器に伝わる。そうなると魚雷は決して当たらない。理屈を超えた現象の存在を、東月は経験的に知っていた。

言い換えれば、より冷静な方が必ず勝つ。

間もなく艦尾魚雷員から報告が返ってきた。

〈発射準備完了〉

そこへ尹ソナー員が天気予報でも伝えるような口調で言う。

「距離1・48」

次の言葉は、東月の口から滑らかに放たれた。

「発射」

間髪を容れず東月は指示を繰り出す。

「下げ舵20」

「下げ舵20」

柳《リュ》秀《ス》勝《スン》操舵員が復唱しつつ舵を切った。

全員が息を詰め、永遠とも思える静寂の時間が過ぎるのを待つ。

「0・99海里で爆発音。目標『カ』に命中」

尹圭史《ユンキュサ》の淡々とした報告に対し、全員の漏らした息の音がことさらに大きく聞こえた。

しかし圭史はさらりと続ける。

「270度、距離0・99、魚雷音探知。目標『カ』が発射したものと思われます」

発令所にいる全員が一斉に東月《ドンウォル》を見た。

「間に合わない。魚雷をやり過ごす。艦首魚雷準備」

「魚雷接近。間もなく上方を通過。深度不明」

圭史の口吻《こうふん》はどこまでも艦内の空気に不似合いだった。

一方で昌守《チャンス》の声はいかにも力強く頼もしそうに聞こえる。

「総員衝撃に備えろ」

衝撃は、なかった。

「魚雷通過。前方へと離れつつあり。距離……」

あくびでもしそうであった圭史が、そのあくびを噛み殺すかのような顔を見せた。

「待って下さい。前方から魚雷音接近、前方で反転した模様」

やはり音響追尾式であったのだ。東月は即座に命じる。

「艦首1番魚雷発射」

またも無限に近い十数秒が過ぎた。

「前方に爆発音。敵魚雷に命中」

海中を伝播してくる震動の中、一同は歓声を上げた。

残る一隻、目標『ナ』は追ってこなかった。本来水上艦を相手とするシンフン級魚雷艇はソナーを装備しておらず、潜航する潜水艦に対しては極めて不利であるからだ。

「間一髪でしたね」

中腰になってパイプにしがみついていた李清敬《リチョンギョン》副政治指導員が、頬に熱気の赤みを残し傍らの辛吉夏《シンギルハ》を見上げる。

「演習とは言え、本当にやられるかと思いましたよ」

「少佐、今の君の発言には問題点が二つある」

吉夏は突き放すような口調で告げた。

清敬が反射的に直立不動の姿勢を取る。

「まず一点目、政治指導員たる者としてそのような気安い言動を取るべきではない」

「はっ、申しわけありませんっ」

必要以上に大仰な態度で清敬《チョンギョン》が応じる。

「二点目は、今の攻撃は演習ではないということだ」

上官の真意を測りかねたのか、副政治指導員が聞き返す。

「それは……どういう意味でありますか」

「分からんかね」

「恥ずかしながら小官には……」

今や他の乗組員達も息を詰めて二人の政治指導員を注視している。

吉夏《ギルハ》は嗜虐的とさえ見える笑みを口許に湛《たた》え、ゆっくりと告げた。

「簡単だよ、李《リ》少佐。演習でなければ、実戦であるということだ」

「それは何かの比喩でありましょうか。常に実戦のつもりで訓練に臨めという……」

「なかなか面白いことを言うじゃないか。軍人として立派な解釈だよ、少佐。だが不正解だ。

演習統制本部は本気で我々を撃沈するつもりで攻撃してきたのだ」

「まさか」

引きつったように笑う清敬に対し、吉夏の笑みはすでに消えている。

「まだ分からんのかね。我々はこれより共和国を脱し亡命するのだ」

「なんですって」

歩み寄ろうとした清敬の鼻先に、68式拳銃の銃口が突きつけられた。

艦内を北洋の風よりも冷たい緊張が走り抜ける。

「冗談でしょう？」

「悪いが、冗談でできる行動ではないことくらい、君の凡庸な頭でも理解できるだろう」

「そんな……」

尊敬する上官に裏切られたという思いからか、清敬の童顔が異様に歪《ゆが》む。

「諸君、落ち着いて私の話を聞いてもらいたい」

歩み出た艦長を、全員が無言で見つめる。

「辛《シン》吉夏政治指導員の言ったことは本当だ。我々は祖国を捨てる。副艦長や航海長、機関長らも同志だ。諸君を騙《だま》したことについては謝罪する」

「これは金正恩《キムジョンウン》同志への反逆です」

裏返った声で清敬が叫ぶ。

「それだけではありません。党と、党の推進する主体思想に対する冒瀆《ぼうとく》です」

「その通りだが、私はその言葉を使いたくはない。裏切ったのは金正恩と党中央であり、裏切られたのは私の方だ。君達も本当は分かっているはずだ」

沈黙する一同の面上には、彼らの「分かっている」ことが表わされていた。

「だが心配は要らない。希望する者は全員救命ボートで艦から降ろす。そのために充分な数のボートを搭載しておいた。念のため水と通信機も渡しておくが、すぐに発見してもらえることだろう。また、我々とともに亡命を希望する者は大歓迎だ」

「正気の沙汰じゃない」

清敬《チョンギョン》が反論する。

「救助されても我々は厳しい尋問を受けることになる。何も知らなかったでは済まされない。それだけじゃない。なぜ全員で力を合わせて反逆者を制圧し、艦を奪回しなかったのかと追及される」

「それに対する回答は用意してある」

東月《ドンウォル》の言葉と同時に、洪《ホン》副艦長以下、弓《クン》航海長、呉《オ》通信長ら主だった士官達が隠し持っていた拳銃を示した。尹《ユン》ソナー員までも拳銃を構えている。

「彼らは私の計画に賛同してくれている。君達は艦を奪回しようと試みたが、銃で脅され、抵抗することができなかったと言えばいい」

「そんな言いわけが通るほど保衛司令部も総政治局も甘くない。いや、ありとあらゆる機関が我々を責め抜く。きっと誰かが、主体思想の脆弱な誰かが、耐えられなくなって口を割る。

少なくとも敵対階層に落とされることは間違いないぞ。そうなったらどんなみじめな暮らしが待っているか」

清敬は振り返って乗組員達を煽《あお》った。

共和国社会を構成する核心階層、動揺階層、敵対階層の3大階層のうち、潜水艦の乗組員は最上位の核心階層から選ばれる。それが最低の敵対階層に落とされたら、家族のみならず親族も現在の地位を失うばかりか、仕事や住居さえ奪われ、最悪の場合は強制労働収容所送りともなりかねない。

「全員で力を合わせれば絶対に制圧できる。数ではこっちが上なんだ。我々は卑劣にも裏切り者の反乱分子達によって騙されていたが、真実を知り、犠牲を払いつつも艦を奪回した——それしかないっ。皆も家族がいるはずだ。祖国に戻った後のことも考えろっ」

その言には一理も二理もある。むしろ正論であり、最も賢明な策と言えた。

「さあ、早くやるんだっ。犠牲を怖れていては全員が破滅することになるぞっ」

銃声が轟《とどろ》いた。

頭部に赤黒い弾痕を穿《うが》たれた清敬が崩れ落ちる。

吉夏《ギルハ》の拳銃から硝煙が立ち上っていた。

「真っ先に口を割りそうな者を処分した。これで諸君も安心して退艦できるだろう。『全員で抵抗したが武装した反乱分子には敵わなかった、犠牲となった李清敬《リチョンギョン》副政治指導員の英雄的行為を我々は決して忘れない』と涙ながらに語るんだな」

うそぶく吉夏《ギルハ》を、東月《ドンウォル》は横目で睨《にら》みつけた。

乗組員達は声もない。抵抗すればどうなるか、吉夏は直属の部下を見せしめにしただけでなく、もっともらしい報告の文言まで作ってくれたのだ。

「……艦長」

若い乗組員の一人がおずおずと手を挙げた。

「なんだね、遠慮は無用だ、言ってみたまえ」

「我々が退艦したら、どうやって操艦するのですか」

「目的地までは最長でも二日の行程だ。私の同志は全部で十五人いる。君達全員が退艦したとしても我々だけで充分にやれる」

艦内の任務は三交代制である。それを交代せずに最長二日間やり続けるのは、負担ではあるが決して不可能ではない。

「では、目的地はやはり南鮮ですか」

「違う」

東月はきっぱりと言った。

「日本だ」

一同の間にざわめきが広がる。

それを見すましたように、東月は将校居住区画を抜ける通路に向かって声をかけた。

「もう隠れる必要はない。出てきて下さい」

艦長室のドアが開き、中から初老の婦人が不安そうな面持ちで現われた。

白髪に蒼白い顔色。昨日まで特別招待所にいた女性である。

「紹介しよう。広野《ひろの》珠代《たまよ》さんだ」

乗組員達が顔を見合わせる。何人かは驚愕に目を見開いているが、ほとんどの者は意味が分からずにいるようで、「誰なんだ」「どうして女が」「日本人なのか」といった声が漏れ聞こえた。

東月の目配せで、吉夏が声を張り上げる。

「艦長と協力して計画を練った私は、出港前に彼女をトランクに隠して乗艦させた。彼女は四十五年前、我が国の工作員が日本から拉致した日本人である。情報が遮断されているため諸君の多くは知らぬことと思うが、日本は彼女を拉致被害者の象徴と位置づけている。それこそが我々の勝算なのだ」

押し黙る一同を見回し、吉夏は不敵に続けた。

「いいか。南鮮に行こうと他のどの国に行こうと、我々が受け入れられるという保証はない。むしろ、政治的駆け引きにより我々が〈消されてしまう〉可能性の方がはるかに大きい。だが本艦に広野珠代が乗っていることを無線で日本人に知らせることができればどうだ。たとえ日本政府が金正恩《キムジョンウン》と取引しようとしても、日本国民は必ず本艦を受け入れる。少なくとも広野珠代を犠牲にするような決定を日本人は絶対に認めない」

大軍団を前にした将軍の如く、吉夏《ギルハ》は陶酔の面持ちで語っている。

その間、日本からの拉致被害者であるという当の婦人は、放置されている清敬《チョンギョン》の死体を痛ましげに見つめていた。

1

十一月五日午前五時十三分、身支度を終えた岡崎誠市《おかざきせいいち》は眠っている妻を残し、自宅を出た。この季節、この時刻の島根はまだまだ夜の側にあり、着古した冬物のジャケットを易々と貫いて冷気が老いた体を苛《さいな》んだ。もっとも近頃では六十五という年齢は老人のうちには入らぬそうだが、警察を定年退職してからめっきり衰えたのを自覚している。

明けきらぬ波子《はし》の町を抜け、海岸へと向かう。それが毎日の散歩コースであった。普段はもっと明るくなってから出かけるのだが、日を追うごとに起床時間が早くなっていて、時折我慢できずに寒さを承知で寝床から起き出してしまう。退職後は交番相談員として地元の交番に詰めているが、顔なじみの話し相手を務めるのが職務のほとんどで、つらいばかりの夜勤もない。現役時代を思うと楽なものだ。

ひとけのない早朝の田舎町を黙然と歩む。ところどころで［広野珠代さんを救出しよう］と書かれたポスターが目に入る。それらを見るたび、誠市の胸は鈍く痛む。四十五年前から抱えている執拗な痛みだ。

あの日、自分がもっと職務に忠実であったなら。

在職中、そう思わなかった日は一日たりともない。いや、退職した今も、こうして痛みに耐えている。

——おまわりさん！

四十五年前、島根県江津《ごうつ》市波子町で巡査を務めていた誠市は、先輩の巡査長と自転車で定時の巡回に当たっている最中、二人の小学生に呼び止められた。

——おまわりさん、ぼくら、さっき浜の方で変な人を見たんですけど。

——変な人？

自転車を停めた誠市に、二人の子供は怯《おび》えたような面持ちで口々に言った。

——はい、なんだか変な服を着てて、髪型も変わっとって。

——遠くから見ただけじゃけえ、ようは言えんのですけど。

——そういやあ、言葉もなんか変でした。

——言葉て、独り言でも言うとったんか。

——いえ、変な男は二人おったんです。二人で話しとる声が聞こえてきたんです。はっきり聞こえたわけやないんですけど、なに言うとるんか、さっぱり分からんかった。

そのとき、少し先で停まっていた先輩が肩越しに子供達を叱咤した。

——君ら、どこの学校だ。こんな時間まで何やっとるんだ。

——なに言うて、ぼくらは家に帰る途中で……

——浜はもうこんな暗《くろ》うなっとるのに、そこまで見分けがつくわけなかろうが。

——さっきまではもうちょっと明るかったんです。ぼくら、確かに……

——京都か鹿児島からヒッピーが遊びに来とるんと違うか。あいつら、わけ分からんことばあ言うけいな。

——そんなんたあ違います。ぼくらほんまに見たんです。

——これはちょっと行ってみた方がええんと違いますか。

意見を述べた誠市を無視し、巡査長は子供達を睨みつけた。

――おまえら、いいかげんなこと言うとらんで早《はよ》う帰れ。帰らんと親と学校に連絡するぞ。さあ、早う帰れ帰れ。

不承不承に子供達は走り去った。「親と学校に連絡する」と言われたら、当時の子供なら従わざるを得ない。

――先輩、あの子らの言うとったんは、もしかしたら〈あれ〉と違いますか。

そう声をかけた途端、巡査長はいかにも煩わしげに言い放った。

――阿呆か。そんなもんいちいち相手しとったらきりがないで。おまえも警察におるんじゃったらそれくらい心得とけ。

再び自転車を漕ぎ出した先輩の後を追いかけながら、誠市は心に引っ掛かりを覚えずにはいられなかった。

十年以上も前から、日本海に面した浜辺の町々では不審者の目撃情報と、原因不明の失踪者が相次いでいた。正体不明の小型船舶が発する奇妙な電波信号が頻繁に傍受されており、海岸ではハングルの記された煙草の箱などが見つかっている。

だが警察をはじめとする公的機関はそれらを関連づけるどころか、なんらの対策をも取ろうとはしなかった。そのため各町内会では自発的に見回りを行なったり、夜間の外出を避けるよう注意を促す立て看板を掲げたりしているほどであった。

誠市はそうしたことを想起したのだが、巡査長の態度も無関心も、当時としてはごく当たり前の反応だった。

その夜、広野珠代さんの捜索願が両親から所轄の江津署に出された。

珠代さんは十三歳の中学一年生で、久代町《くしろちょう》の友人宅へ行った帰りに消息を絶ったのだという。誠市も同僚達と一緒に夜通し周辺を捜索したが、珠代さんの行方は杳《よう》として知れなかった。家出や自殺の線も取り沙汰されたが、父親の陽治《ようじ》さんと母親の富士子《ふじこ》さんは頑なに否定し、また捜査の結果もその可能性を打ち消すものだった。暴力団や不良グループによる誘拐という線も消えた。

珠代さんが最後に目撃された場所と時間から、誠市は二人の小学生が見たという不審な男達に誘拐されたのだと推測し、そのことを署内で主張した。

そんな誠市に対し、上司から与えられたのは激しい叱責と罵声であった。

――全署挙げて海から山から捜索したんじゃ。一巡査の分際で、それが全部無駄じゃった言うんかい。

――無駄やなんて言うとりません。自分はただ……

――ほんならわしに捜査方針でも教えたろ言うんかい。

上司はいよいよ激昂した。

――警察官は上に言われた通りに動いとったらそれでええんだ。わしも署のみんなも言われたことはちゃんとやっとる。皆の足を引っ張るようなこと言うとる暇があったら、コソ泥の一人でもパクってこんかい。

誠市の立場では反論など許されるものではない。平身低頭して引き下がるよりなかった。

珠代さんの失踪はすぐに忘れられた。ただ朝な夕なに、一人娘の姿を求めて海岸を歩く広野夫妻を見かけるたび、誠市は釣り竿の錘《おもり》にも似た何かを胸の中に溜め込んでいった。

一九八〇年一月七日、サンケイ新聞が朝刊の一面トップで福井、新潟、鹿児島でのアベック蒸発事件について報じた。それまで相互に関わりがあると誰も考えていなかった謎の失踪を、記事は明瞭に結びつけていたのである。

外国情報機関の関与を示唆する初めての報道だった。

やっぱりそうだったのか――

一日遅れの八日に当該記事を見た誠市は、何もかもが腑に落ちるような感覚を味わった。

これで上も動いてくれる――誠市は新聞を手に、独りほっと息を漏らしたことを覚えている。

しかしどういうわけか他社の後追いはなく、世間の反響もないままにサンケイの記事は誤報扱いを受け消えていった。珠代さんの失踪もそれまで通り他の事件とは無関係であるとされた。

広野夫妻の失望を思い、誠市もまた酷く消沈した。

中学生の女の子が、突然見知らぬ異国へと拉致される。その恐怖はいかばかりであったろうか。また最愛の娘をさらわれた両親の悲嘆は。想像するだけで胸が潰れた。

それから間もなく、広野夫妻の姿は波子町から消えた。陽治さんの転勤により、東京近郊に越したのだった。

誠市も相前後して警察の通例に従い、江津署から隠岐の島署に転勤となった。キャリアではない県警の警察官は、数年ごとに県内を異動するのが原則だが、さすがに隠岐の島署への異動は左遷に近いものだった。珠代さん失踪事件で異論を唱えて以来、署内では孤立しがちであったので、そのことが影響していると思われた。

それでも新たな職場で勤めに励んだ誠市は、三年後には出雲署、その翌年には松江署と順当に異動を重ね、松江署時代に知り合った女性と結婚した。

一九八七年、大韓航空機爆破事件発生。実行犯として逮捕された金賢姫《キムヒョンヒ》の証言から、拉致された日本人女性『李恩恵《リウネ》』の存在が浮かび上がる。それでも政府とマスコミは、北朝鮮による拉致に対し、依然として懐疑的な姿勢を変えようとはしなかった。

一九八八年三月の国会における『梶山答弁』。日本政府が北朝鮮による拉致を認め、警察庁が捜査を行なっていると明らかにしたにもかかわらず、驚くべきことに大手マスコミのほとんどがこれを一切報道しなかったのだ。当然日本人の大部分は知る由もない。警察官であった誠市は一応の把握こそしていたものの、それでも公安の管掌となる外事事案であり、多くの同僚達は話題にすることさえ避けていた。

公安警察、分けても外事の活動は秘匿を以て第一とする。それは外交問題に直結する性質を帯びているせいでもある。その内情の奇怪さ、複雑さは誠市も理解はしている。しかし国家間の駆け引き、つまりは政治家のエゴのために中学生の女の子を犠牲にしていいはずがない。

現実は違った。拉致問題の存在さえ否定しようとする国会議員も決して少ないとは言えず、被害者家族の気持ちを踏みにじり、さらなる苦しみへと突き落としたのだ。

子供達の通報を信じてさえいれば――

愛娘を奪われた広野夫妻の苦しみを思い、誠市は己を責めずにはいられなかった。

警察官として自分はたった一人の少女さえ守れなかった――

そうした経緯に異様なまでの関心を示す誠市の姿に、妻はずいぶんと困惑していたようだった。

新婚時代は人並みに楽しかったと思う。しかし子供を授かることは叶わなかった。夫婦のどちらも子供を望んでいたため、時とともに落胆は大きくなり、寂寥《せきりょう》の感が募っていった。広野珠代さん失踪事件での後悔を引きずる誠市に対し、不満とまではいかずとも、妻が違和感のようなものを抱いていたことは間違いない。疑問と言ってもいいだろうか。なぜそこまで他人の子供にこだわるのかと。その問いに対する答えを誠市は持たなかった。

どんな夫婦にでもあることなので、それればかりが原因であるとは言い切れないが、年月が経つにつれ、夫婦仲は自然と冷えた。ともに古い人間であったせいか、だからと言って別れるわけでもなく、表面的にはごく穏やかな暮らしが続いた。

広野珠代さんが北朝鮮に拉致されたという事実が突如判明したのは、一九九七年九月のことだった。失踪よりすでに二十年近くが経過している。

端緒となったのは、北朝鮮からの亡命工作員の証言に基づく韓国当局の情報だった。

転居後もさまざまな救出活動を続けてきた広野夫妻は、その日から新たな戦いを開始した。傍目にも悲壮な夫妻の戦いを、誠市はメディアを通して見守ることしかできなかった。

一縷《いちる》の希望にすがりつつも、道は容易に開けない。歳月はまたしても虚《むな》しく過ぎた。

そして六十歳の定年を迎えた誠市は、松江に本社を置く警備会社への再就職を断り、波子に戻ってきたのであった。

その理由は自分でもよく分からない。悔恨の記憶に浸りたいという自虐の思いか。巡査部長で終わった己の人生をそんなにも憐れみたいのか。とっくにあきらめているのだろう、妻も反対はしなかった。そんな妻の諦念が、疎ましくもあり煩わしくもあり、何より愛おしくやるせない。

海岸に沿って延びる歩道はきれいに整備されており、当時の面影はあまり残っていない。

それでも誠市は、あの日の情景を思い出さずにはいられなかった。

――おまわりさん！

そう叫びながら駆け寄ってきた子供達。

あのとき、浜まで確かめに行っていたなら――

薄明の波子海岸は、今朝もまた鈍く蒼い光の中に広がるばかりで、何も語ろうとはしない。

誠市は歩道を向かって右に歩き出した。右に行くか、左に行くか、それだけはその日の気分次第で決めている。左に行けば久代の町。右に行けば波子の漁港だ。

間もなく波子港の突堤が見えてきた。数艘の小さい漁船が停泊しているが、そのうちの一艘がちょうど出港しようとしているところだった。

誠市は反射的に腕時計を見る。午前五時四十二分だった。

「おおい、甚《じん》さん」

小船に乗り込もうとしている老人に向かって声をかけた。

大儀そうに振り返った老人——山本甚太郎《やまもとじんたろう》に、

「おはようさん。これから漁に出るのかい」

「見りゃ分かろうが」

いかにも偏屈そうな口調で相手が答える。

「けど、この時間から出るのはちったあ遅すぎやせんかい」

「わしももう歳じゃけえ、これくらいでちょうどええんじゃ」

誠市より五つ上の甚太郎は、今年で七十になる。昔は大きな漁船に乗って遠洋に出ていたのだが、今では小さな船を買って『勝甚丸《しょうじんまる》』と命名し、一人で一本釣りをやっている。この近海ではタイ、メジナ、ヒラマサなどが釣れるのだ。

「魚も昔ほどおらんようになってしもたけえ、目の色変えて海に出てもしょうがないわい。趣味のつもりでやっとるだけじゃ」

諧謔《かいぎゃく》とも取れる老漁師の言葉に疲れが色濃く滲んでいるのは、年齢のせいだけではないだろう。長い付き合いである誠市は、老人の来歴を知っていた。それも自分の過去との接点に由来する。

四十五年前のあの晩、底引き網漁のため沖に出る大型漁船に乗っていた若き日の甚太郎は、不審な船影を目撃した。

ありゃあ絶対に日本の船じゃねえわ——そう思った彼は、船長である先輩漁師に提案したという。海上保安庁はどうせ間に合わんけえ、わしらでとっ捕まえてやったらどうですかと。日頃から漁場を平然と荒らす外国船への怒りもあった。しかし船長や他の漁師達の賛同は得られなかった。

ほっとけほっとけ、あんなもんには関わらん方がええ——気性の荒い古株の漁師達が口を揃えてそう言った。

それは決してゆえのないことではなかった。曖昧な口伝えしかなかったせいか、先輩漁師達もはっきりとは言わなかったが、北朝鮮の工作船は機関銃等で武装していたのである。迂闊に手を出していたら銃撃されていた可能性もあったのだ。

ともかく釈然としないながらも甚太郎は他の漁師達に従った。

広野珠代さん失踪を彼が知ったのは、漁を終え浜に戻ってからのことである。

あのときの船だ——彼はそう直感したという。

その夜、漁に出ていた漁師達にも聞き込みを行なった誠市は、甚太郎から話を聞き、彼が目撃した不審船に珠代さんが乗せられていたに違いないとの確信を得た。

誠市と同様、甚太郎もまたみすみす少女の拉致を見逃してしまったことに、深い負い目を抱いていたのだ。口に出すことは滅多にないが、同じ思いを抱く誠市にはその心情がよく分かった。

あれからもう四十五年——頑固な老漁師は、そんな感慨さえも漏らさずに空を仰ぐ。

「風が強うなってきたのう。今日明日はだいぶ荒れよるんじゃろう」

誠市は身震いしながらジャケットのファスナーを喉元まで引き上げる。

「それが分かっとりゃあ、今日は漁に出ん方がええんと違うか」

老人は鼻で笑っただけだった。当たり前の忠告を聞くような男ではないことを、誠市もよく知った上で言っている。

「気ぃつけてな、甚さん」

舫を解いて船を出す老人にそう声をかける。

振り返った甚太郎が何か怒鳴った。風の唸《うな》りと咳き込むようなエンジン音にまぎれてよく聞き取れない。

「えっ、なんだって、もういっぺん言うてくれ」

急いで聞き返したが、勝甚丸はすでに突堤から離れていた。

次第に小さくなる船影を見つめ、誠市は突堤に立ち尽くす。

間違いない、甚太郎はこう言ったのだ——「もう四十五年じゃなあ」と。

硬直している乗組員達に拳銃を向けたまま洪《ホン》副艦長がよく通る声で言った。

「今から五分の時間を与える。諸君には申しわけないが、その間に退去か亡命かを決めてほしい」

乗組員達が一斉に汗ばんだ顔を見合わせる。今後の人生だけでなく、家族親族の運命を決するに、五分はあまりに短すぎる。

「こうして銃を構えているだけで体力を消耗するんだ。悪く思わないでくれ」

そう言って昌守《チャンス》は男臭い笑みを浮かべる。普段は明朗で乗組員に敬愛されるその笑顔が、今は凄愴《せいそう》の気を孕んで見えた。

興奮し取り乱す者はいなかった。

東月《ドンウォル》は一人一人の顔をつぶさに観察する。艦長として全乗組員の経歴は把握している。各人が事前に予想した通りの反応を示していた。ここまで極端な状況に置かれると、かえって冷静な、あるいは思考停止といった精神状態に陥るようだ。

2

だがそれだけではない。全軍に蔓延する腐敗と常態化した不法行為。軍人なら誰であってもそうした空気を日々感じ取っている。

トップから末端に至るまで、軍はありとあらゆる犯罪に手を染めていた。高官達による大規模な国家犯罪は言うに及ばず、尉官から士兵クラスによる窃盗品の横流しは日常茶飯事であるし、村落に保管されている国の文化遺産さえ平然と盗み、売り払う。噂では放射性物質までもが闇市場に流されているという。国を守るための軍隊が、犯罪集団と化している。脱走者も後を絶たない。もはや末期症状を呈していると言うよりなかった。そのことを分かっていながら、生きるために軍という腐った大木に寄生する。それが祖国の現実である。

東月《ドンウォル》は以前から軍に漂う自棄的な気分を痛感していた。そしてそこに一つの可能性を見出したからこそ、亡命計画を立案できたのだ。実際に十五人の士官と兵が計画に同意し、協力を誓ってくれた。

五分後、十三人が同行を申し出た。

「思ったより多かったですね」

耳許で昌守《チャンス》が囁く。東月は無言で頷くしかなかった。皆それだけ祖国に対して絶望しているということだ。軍人として決して喜ぶべきことではないが、皮肉にも計画にとっては好ましい結果となった。

退艦を決めた二十四人も、彼らを罵るようなことはしない。むしろ、決断できた者達を羨望しているかのようにさえ見えた。彼らのように勇気があれば、あるいは家族がなければ、自分もまた国を捨てることができたのにと。

ともかく、これで乗組員は艦長である自分を含め二十九人となった。操艦に少しは余裕ができたことになる。

「海面へ浮上、救命ボート準備。ＨＦ、ＶＨＦ、ＵＨＦ動作試験準備」

東月の命令を昌守が復唱する。亡命グループと新たな参加者が我に返ったように動き出す。吉夏《ギルハ》は依然として油断なく拳銃を構えているが、離脱を決めた者達にはもう抵抗する意思などないようだった。

それから東月は背後の広野珠代を振り返った。

「あなたはしばらく艦長室でお休み下さい。私のベッドでよければ使って頂いて構いません」

流暢とまではいかないが、日本語も多少はできる。だが東月はあえて朝鮮語で言った。

「ありがとう。そうさせてもらいます」

珠代も朝鮮語で礼を述べ、蒼い顔をして離れた。口許に当てた手から苦しそうな咳を漏らしている。喘息の発作かもしれない。注意しなければ。彼女に万一のことがあれば、計画全体が水泡に帰す。東月《ドンウォル》は胸中のメモに新たなチェック項目を書き加える。

三十分後、海面に浮上した艦から人数分の救命ボートが搬出された。

「急げよっ」

副艦長が急《せ》かす。それでなくても浮上中は追手に発見される可能性が高い上に、今は各アンテナから電波の発信テストまで行なっているのだ。探知されるリスクは極めて大きい。

手際よく広げられたボートに、救命胴衣をつけた乗組員達が次々と乗り移る。予定通りだ。

「こいつも忘れずに連れてってやれ」

飲料水、通信機とともに、吉夏《ギルハ》は李清敬《リチョンギョン》の死体もボートに放り込んだ。

「救助後は聴取の際に副政治指導員殿の武勇談を景気よく話してやることだな」

吉夏が大声で言うのを聞き、東月は居たたまれぬ思いで艦内に戻った。

辛《シン》吉夏という人物の傲慢さも不快だが、波に揺れる黄色いボートの上で、こちらを見つめる部下達——元部下達か——の視線は耐え難かった。

自分を恨んでいるようでもあり、また、羨んでいるようでもある。いずれにしても、突如降りかかってきた運命に呆然としている彼らの顔は、首謀者である自分を死ぬまで苛むに違いない。覚悟の上での決行だったが、激しく翻弄されるボートとそれに身を委ねるしかない者達の虚《うつ》ろなまなざしは、今後の苦難を予感させてあまりあるものだった。

「潜航せよ。深度50。針路1－1－0。速力13」

発令所に入った東月は、意識して強い口調で発した。

13ノットはロメオ級潜水艦の最大水中速力である。ロメオ級は電池容量が少ないため、電池の消耗に従い頻繁に潜望鏡深度まで浮上し、シュノーケルを出して空気を取り入れる必要がある。それによってディーゼルエンジンを動かし蓄電池に充電するのだ。そして潜航後にまた蓄電池で電動モーターを作動させ推進するシステムだ。日本に到達するまでこれを何度も繰り返さねばならない。潜望鏡深度では追手に探知されやすいため、針路を頻繁に変える必要もあった。

「艦の損傷を報告せよ」

その指示に対し、各部から順次報告が返ってくる。

「動翼、動作異状なし」

「パッシブ・ソナー装置、異状ランプ点灯」

「後部トリムタンク調整弁、不具合」

「各ベント弁、異状なし」

「厨房、電力不具合」

「ＨＦ、ＵＨＦアンテナ破損」

それらに対し東月《ドンウォル》は適宜指示を下す。

「各部ただちに修理にかかれ。可能な部分だけでいい。手に負えん箇所は放っておけ」

昌守《チャンス》が額の汗を拭いながら呟いた。

「これで済んだのなら幸運の範囲内でしょう。アンテナの破損は痛いが、ＶＨＦが残っています」

この艦に広野珠代が乗っていることを広く発信するのは日本近海に入ってからだ。そうでなければ、追手に位置を知られ撃沈されてしまう。超短波であるＶＨＦは、船舶が各種通信に使用する国際ＶＨＦとして利用されている。ＵＨＦアンテナが破損してもＶＨＦ波が使用可能ならなんとかなる。

「副艦長、後を頼む」

「はい艦長」

昌守に言い残し、東月は艦長室に戻った。

そこで椅子兼用のベッドに腰掛けていた珠代が顔を上げる。

「辛ければどうぞ横になって下さい」

「いえ、このままで結構です」

気丈に応じる珠代を見つめ、東月は並んで腰を下ろす。あまりに距離が近いが、幅２メートル、奥行1メートルの艦長室ではやむを得ない。

「大変なことに巻き込んでしまって、さぞ驚かれたことでしょう」

すると珠代は、一瞬目を丸くしてから、ごくさりげない口調で言った。

「四十五年前に経験したことに比べれば、そう驚くほどでもありません」

東月は己の間抜けさを心の中で罵った。

眼前の女性はあどけない少女であった頃に、理不尽な拉致を経験しているのだ。そのときの心地に比すれば、確かに問題にもならないだろう。

「迂闊でした。お許し下さい」

ただ温和な笑みを浮かべるばかりの珠代に対し、東月はあえて続ける。

「あなたは辛吉夏上佐《シンギルハ》に脱出計画を持ちかけられたとき、最初は拒否なさったそうですね」

「はい」

「無謀な計画だと？」

「いいえ」

「日本に帰りたくはないのですか」

「そんなわけ、ないでしょう」

「では、どうして」

珠代は両手をきちんと膝の上に揃え、

「日本から拉致された人は私だけではありません。こういう形で私一人が逃げたとなると、残された人達がどうなるか……」

東月《ドンウォル》は胸を衝《つ》かれた。

「なるほど、ご懸念はもっともです。では、逆に承知されたのはなぜですか」

「辛《シン》上佐の言うには——たとえ一人でも日本に逃げ帰って声を上げねば、すべてが隠されたままになってしまう、この国には日本政府も把握していない拉致の被害者が大勢いる、その人達を助けるには被害者の誰かが日本で証言する必要がある、そうでもしなければ日本政府は絶対に動かないと。確かにそうだろうと思いました」

日頃大口を叩くだけあって、吉夏《ギルハ》はさすがに弁が立つようだ。

筋が通っている。しかも論理は明晰だ。珠代が説得されたのも頷ける。

「ですが……」

白髪の珠代が心持ち顔を伏せ、

「どうしても帰りたい、という思いに突き動かされたことは否定できません。だって、上佐の話では、私の両親は健在で、今も私の帰りをずっと待っていると……本当なんですか、両親が生きて私を待ってくれているって」

「本当です。それだけではありません。ご両親はあなたを取り戻すために苦労を重ねながら被害者家族の先頭に立って活動を続けておられます」

　立場上、吉夏は日本を含む海外の情報について知り得る機会があった。東月もまた同様である。だがそれは「知り得る機会があった」というだけで、公に口にすることが許されているわけではない。

　さらに東月と吉夏は、珠代の母である富士子が近年重い病に苦しんでいることも知っている。さしもの吉夏も、そこまでは珠代に伝えなかったようだ。

「父と、母が……私を……」

　皺の多い珠代の目尻に涙が滲む。

　無理もない、と東月は思った。

「上佐はさっき人を殺しましたね」

　唐突に珠代が話を変えた。

「……なんです？」

「辛吉夏上佐です。私はあのような人を何人も見ました。この国で、何人もです。あの人は単なる善意や義侠心で動くような人ではありません」

　東月は瞠目した。ごく短いやり取りの中で珠代は吉夏の本質を見抜いている。

「きっと何かの目的、そう、日本への亡命です。その目的のために、私を利用しようとしているのでしょう。そしてそれは、艦長、あなただって同じのはずです」

驚くべき聡明さであった。自らの魂胆を母親に見抜かれた幼児のように、東月《ドンウォル》は狼狽した。

この人の大胆さは天性の資質だろうか。それとも異国での長い虜囚《りょしゅう》経験のゆえだろうか。

「あなたも上佐も私を両親に会わせてくれるとおっしゃいます。しかし乗組員の方々にも家族はいるはずです。あの人達は逆にもう二度と家族と会えなくなる。違いますか」

言葉もないとはこのことだった。

「私はあなた方の計画に加担すると約束しました。今度はあなた方の番です。さあ、話して下さい」

「話す？　何を？」

「計画のすべてをです。あなたのご事情と言ってもいいかもしれない。こんなこと、並大抵の決意でできるはずありませんから」

穏やかに、そしてどこまでも柔和に。珠代はじっとこちらを見つめている。

それこそが拉致という運命に挫《くじ》けることなく生き抜いてきた人の強さであろうと感得した。

「すべてを知らなければ、私もあなた方に協力のしようがありません」

構わない――どうせ打ち明けるつもりでいたことだ――

「分かりました。すべてのきっかけは東哲《ドンチョル》の……弟の死でした」

「弟さんの？」

「はい」

ただでさえ狭い艦内が一層狭くなったような気がする。それほどの息苦しさを覚えていた。あるいは艦内の二酸化炭素濃度が上がっているのか。

違う。怒りの重さ大きさに胸郭が圧迫されているだけだ。

3

祖国解放戦争での戦死者遺族を祖に持つ桂《ケ》東月の家系は、核心階層の中でも恵まれた部類にあったと言える。

軍人の道を選んだ東月に対し、七つ違いの弟東哲は学問を志して金日成《キムイルソン》総合大学物理学部に入学した。

入隊を別として、基本的に共和国には職業選択の自由はない。しかし政府系の仕事に従事する父は、持てるパイプを駆使して東哲の受験を可能としてくれた。

共和国において大学受験が許されるのは一度きり、一校のみで併願も浪人も許されない。従って受験に失敗したら即時国家に命じられた職業に就かねばならないのだ。

東月《ドンウォル》は自分と異なり幼い頃から成績優秀であった東哲《ドンチョル》を誇りに思っていた。事実上の最難関である金日成《キムイルソン》総合大学の受験を両親は懸念していたが、東月だけは合格を信じて疑わず、常に弟を励ました。東哲もまた、海軍のエリートコースに乗った自分を頼りにしてくれていたと思う。

東哲が大学を卒業する頃、両親が相次いで亡くなった。ともに病であった。付き合いのある親族もなく、頼れる相手がお互いしかいないと思うと、兄弟の絆はいよいよ強まった。

卒業後、東哲は同大の物理学研究所員となり、研究者の道へと進んだ。東月自身は潜水艦乗りとして陸を離れることが多く、会う機会こそ減ったものの、兄弟揃って国家に尽くす身であれば当然のこととして受け入れた。

間もなく東月は伴侶を得て所帯を持ったが、東哲は一向にその気配を見せなかった。それだけ研究に没頭しているということだった。本人によると、研究の成果が党幹部の目に留まり、研究所に専用の部屋さえ与えられたという。凄いじゃないかと感嘆すると、弟は照れたように笑っていた。

次に会ったとき、おまえもいいかげん身を固めるべきだと勧めたところ、東哲はそれまでと違う屈託を見せた。どうしたんだと尋ねても、なかなか要領を得ない。あれこれ聞き出してみた結果、概《おおむ》ね次のようなことが分かった。

女性と知り合い交際に発展しても、上司をはじめとする周囲の人間が必ず反対する。それでも結婚しようとすると、相手の親が強硬に反対して破局する。理由を聞いてもはっきりと答えない。さらには、そんな上司が執拗に縁談を勧めてくる。何人かの相手と会ってみたが、どうにも相性が合わず困っている云々《うんぬん》。

その話を聞いて、さすがに東月も妙だと思った。上司が見合いを勧めてくるのはそれだけ東哲の将来性を買っているからだと言えるが、交際相手の親が必ず断ってくるというのは合《が》点《てん》がいかない。出身成分も職業も収入も、結婚相手として文句のつけようがないはずである。学歴もこの国では最高のものだし、兄の身贔屓《みびいき》もあろうが外見も悪くない。もしかしたら他聞を憚《はばか》る特殊な性癖でもあるのかもしれなかったが、それればかりは身内であっても、いや身内であればなおのこと知る由もない。

怪訝《けげん》に思いつつも任務のため放置せざるを得ない日々が続き、やがて弟とはまったく会えなくなった。

海軍司令部経由で届いた手紙によると、現在の勤務地はたとえ身内であっても他言を固く禁じられているということだった。それでも東哲の専門分野と、以前の勤務地が咸鏡北道吉《ハムギョンブクトキル》州《チュ》郡豊渓里《プンゲリ》であることとを考え合わせると、どんな仕事に従事しているかは察しがついた。

そういうことかと、東月《ドンウォル》は自らを納得させるよりなかった。

上司が執拗に縁談を勧めてくるのも道理である。相手の女が情報機関員であるのは疑いを容れない。国家の最高機密に携わる人間には監視をつけるという原則だ。東哲《ドンチョル》と話が合わないのも腑に落ちる。国から圧力をかけられては、交際相手の親も即断で娘と別れさせるだろう。

弟が置かれた立場の不憫さを思い、東月は暗澹《あんたん》たる気持ちになった。

いずれ国家にとって重要な仕事であることには違いない。自分もまた、弟と同様忠勤に励むしかないと思い定めた。そのうちに道は開けるだろうと楽観してもいた。

そして瞬く間に年月が過ぎた。

東月は「英雄」の賞賛を浴びつつ昇進を重ね、気がつくと潜水艦艦長を拝命していた。それは人生を海軍に捧げた男にとって、この上ない栄誉と感じられた。

相変わらず海での生活が続き、それと比例するかのように妻との気持ちは離れていった。子供がなかったせいかもしれない。半年ぶりに帰宅して妻から離婚を切り出されたとき、当然の帰結としてなんの感慨もなくごく自然に受け入れたことを覚えている。

悪い知らせは常に予告もなくやってくる。

東月が弟の死を知らされたのは、四週間に及ぶ航海から基地に帰投したときだった。

死因は勤務中の爆発による事故死。詳細については知らされていないが、事故の発生した勤務先は高城郡《コソン》の主体物理学研究所。原因は弟の不注意で、同僚二名が巻き添えとなって死亡している。本来ならば縁者に重大な罰則が科せられるところだが、生前の忠誠と功績に免じ党が最大限の温情で以て処理に当たったと説明された。

爆発により遺体は四散したとのことで、遺骨さえ返ってはこなかった。

たった一人の肉親の死はさすがに応えた。気がつくと、独り放心していることがしばしばあった。

こういうとき、海の男にとって最も効果的なのは、海に出ることだと信じていた。

信念に従い、東月は以前にも増して任務に励んだ。軍での評価と名声はいよいよ上がった。

東哲の死から一年と半年ばかりが過ぎた頃だったか、楽園郡《ラグオン》楽園邑の東海《トンヘ》艦隊司令部で任務の合間に休憩室でぼんやりと茶を飲んでいるときのことだった。

隣の椅子に座った男が、突然声をかけてきた。

「桂《ケ》東月大佐ですね、東哲君の兄君の」

驚いて横を見ると、それまで会ったこともない男だった。くたびれたスーツ姿で、極端な猫背であった。軍人ではあり得ないが、艦隊司令部にいるということは、なんらかの軍属であるのは間違いない。

「確かに私は桂東月《ケドンウォル》だが、あなたは――」

「こちらを見ないで。前を向いたまま黙って聞いて下さい」

所在なげにプラスチックのコップを手にした恰好で男は言った。

「私は東哲《ドンチョル》君の同僚だった男です。手短に話します。東哲君は事故死じゃない」

一体何を言っているんだ――

あらかじめ注意されていなければ、声に出して叫んでいたところだ。

「もちろん東哲君の責任なんかじゃありません。場所も違うし、死因も違う」

室内が閑散としていたとは言え、大胆にも艦隊司令部内で不審な言辞を弄する男を即刻確保しなかったのは、話の内容が弟の死に関わることだったためである。

「私は東哲君と一緒に東倉里《トンチャンリ》の西海《ソヘ》衛星発射場で働いていました。高城《コソン》郡の研究所で死んだというのはすべてでっち上げです。東哲君はそんな所へ行ったこともない。専門的な部分を省いて一言で言うと、仕事の内容は核ミサイルの開発です。そこで軍は核燃料を極めて杜撰《ずさん》に扱っていました。我々は何度も抗議したのですが、まったく受け入れられませんでした。軍にとって大事なのは一刻も早い開発であり、職員の人命など眼中にもなかったのです。その結果、東哲君は被曝して死に至りました。他の二人も同様です。そして私も」

忠告にもかかわらず、東月は思わず男の方を見た。

頰は包丁で肉を削ぎ落としたかのようにこけている。あまり目立たないが、ところどころの毛髪が抜け落ちていた。耳のあたりにはぽつぽつと水疱ができている。

「東哲君は死の間際まであなたに会いたがっていました。よく言ってましたよ、自分の兄さんは海軍の英雄なんだって。死ぬ直前の彼に頼まれたんです、このことをあなたに知らせてほしいって。いくら友人でもそんな頼みは聞けません。本来ならね。でも私ももう長くはない。それでここに来たんです。私は自分の身分証を軍に返却していません。パスワードもまだ使えます。だから大概の所へは出入りできるし、アクセスもできます。あなたの行動と居場所を突き止めるのも簡単でした。専門分野は違いますけど、これでも技術者ですからね。私の話はそれだけです。ではさようなら、大佐同志」

弱々しい声でそれだけ言うと、男はテーブルの上にコップを置き、振り返りもせず去った。

東月はそのまま動けなかった。

名も知らぬ男の残した言葉を、頭の中で何度も何度も繰り返す。

最初は意味が分からなかった。言葉の断片が形を成すに従って、これまで体験したこともない感情が湧き起こってきた。

まず、激しい後悔と自己嫌悪であった。

東哲《ドンチョル》が核物理学の研究に従事していたことは、豊渓里《プンゲリ》という地名から察しがついていた。そこに核実験場があることは周知の事実であったからだ。

なのに自分は何もしようとはしなかった。東哲に「大丈夫なのか」と声をかけさえしなかった。国の大事な仕事を任されていると誇りに思うだけだった。

そうだ、国だ。

東月《ドンウォル》は次いで祖国に対する憎悪に囚われた。

党は東哲を正しく評価し、その能力にふさわしい職場を与えてくれている——そう信じていたからこそ、自分はあんなにも脳天気に東哲を励ますばかりであったのだ。

軍人にとって断じて許せないのは、戦場で相まみえる敵ではない。味方の裏切りである。

知っていたはずだった。分かっていたはずだった。この国が〈そういう国〉であるということを。

なのに自分は目を背けた。見えないふりをして生きてきた。その結果が東哲の死だ。

自業自得ならまだあきらめもつく。しかし自分ではなく弟がどうして犠牲にならなければならないのだ。

そもそもなんのための核兵器だ。国民が餓え、軍人が盗みを働いているというのに、〈あの家族〉の権力を維持するためだけに人民の命を犠牲にして許されるのか。

絶対に許されない。

「桂《ケ》東月大佐」

どれくらい時間が過ぎたのか、顔を上げると目の前に当直士官が立っていた。

「こちらにおいででしたか。艦隊司令がお呼びです」

「そうか。すぐ行く」

いつも通りの顔で立ち上がった。

感情を表わさずに済んだのは、そのときすでに肚《はら》が決まっていたからである。

その日から、東月は密かに計画を練りつつ機会を待った。

この国を捨てる。もうこんな所はたくさんだ。悪徳の泥土に塗《まみ》れた地から一刻も早く脱出したい。

未練はない。改めて考えてみると、この国にとどまる理由などまるで見出せないことに我ながら驚くほどだった。

厳密に言うと、一つだけある。親友の羅済剛《ラジェガン》大佐だ。

彼にもう一度だけ会いたかった。海軍の同期であり、宿敵であり、親友だ。ともに競い、高め合った。今日の自分があるのも、彼のおかげだと信じている。

訓練生時代には、練習艇の事故に巻き込まれた自分を危ういところで救ってくれたこともある。自らの危険を顧みず海に飛び込んで、溺れかけていた自分を引っ張り上げてくれたのだ。その豪胆さには感謝と感嘆とを通り越して呆れさえする。

艦長への昇進は友の方が少し早かった。当然だと思った。知力、体力、精神力、そして人望と操艦技術。何においても済剛《ジェガン》は傑出していた。自分は彼を追い続けたにすぎない。

幸か不幸か、羅《ラ》済剛は極秘任務により出港中で、会うことは叶わなかった。幸いかもしれないと思ったのは、会えばまず自分の心底を見抜かれたであろうし、そうなれば友に大変な迷惑をかけることになるのは明らかであったからだ。

ともかくも東月《ドンウォル》は己の本心を隠し、ひたすらに待ち続けた。

だがそんな機会などそう簡単に来るものではない。それでも東月は日々の任務をこなしながら辛抱強く待った。

やがて、かねて計画されていた第7軍団による大演習が実行される運びとなり、東月も潜水艦11号の艦長として参加を命じられた。乗組員の配属予定名簿を一目見て、東月はついにそのときが到来したことを悟った。

副艦長に洪昌守《ホンチャンス》上佐。

機関長に白仲模《ペクジュンモ》上佐。
航海長に弓勇基《クンヨンギ》少佐。
通信長に呉《オ》鶴林《ハクリム》大尉。
魚雷長に閔在旭《ミンジェウク》中尉。
ソナー員に尹圭史《ユンキュサ》上士。
レーダー員に努《ノ》永三《ヨンサム》上士。

いずれも東月が信頼する優秀な面々であり、同志となり得る条件を備えていた。

家族がいない。いても縁の薄い状態である。党と軍の腐敗を憎んでいる。反骨心旺盛である。それぞれが信頼できる部下を掌握している。そして何より、自分に対して大いなる忠誠心を寄せてくれている。

配置換えの多い潜水艦乗組員にこれだけの顔ぶれが揃うことはもう二度とないだろう。奇跡とさえ言ってよかった。まさに天の与えてくれた唯一無二の好機である。

しかし、それだけではまだ完全とは言えない。たとえ演習から無事離脱することができたとしても、その後のさまざまな障害が想定された。他人を巻き込む以上、失敗は絶対に許されない。

何かが——最後の一手となり得る何かが欠けている。計画を成功させるには強力な手札がもう一枚必要だ。果たしてそれはなんなのか。東月《ドンウォル》は独り煩悶し続けた。

演習の開始予定日は刻々と迫りつつある。乗組員達に計画を打ち明けることも叶わぬまま、新たに着任する政治指導員を迎えた。辛吉夏《シンギルハ》上佐である。

この人物についての風評は耳にしていた。叔父の不正蓄財を密告することによって出世の糸口をつかんだというのである。正直に言って友人にはしたくないタイプだ。計画を実行に移すなら、この男の対処方法を考案しなければならない。要するに解決すべき難問がまた一つ増えたのだ。

奇妙なことに、相手は作戦上の機密を理由に二人だけの面談を希望していた。少々いぶかしく思ったが、断る理由もない。東月は自身の簡素な執務室で単身吉夏の入室を待った。

「早速ですが、艦長にお伝えしたい情報があります」

互いに初対面の挨拶を済ませてすぐ、吉夏はそう切り出した。

「伺おう」

用心しながらそう答えると、吉夏は声を潜めて話し出した。

「情報とは他でもありません。艦長の弟君に関することです。弟君は事故で亡くなったのではありません。死因は核兵器開発時の被曝によるものです」

この男の真意はなんだ——

無言、無表情に徹し、どこまでも己を殺して話を聞く。

東哲《ドンチョル》を殺したのは党である、さらに党はその事実を隠蔽し、遺体も遺骨も引き渡さぬばかりか虚偽のみを伝え肉親と人民を欺いたのだ——そうしたことを吉夏は滔々《とうとう》と語った。

「辛上佐」

言葉を選びながら東月は告げた。

「私がそのことをすでに知っていると言ったらどうするかね」

吉夏は「ほう」と目を見開いた。

「率直に申し上げて、驚きですな。いかなる手段によってお知りになったのですか」

「答える義務はないと思うが」

「小官はすでに手の内を晒しています。言わば誠意だ。誠意には誠意を以て応えるのが筋ではありませんか」

「一理はあると認めよう。だが私としては君の狙いが気になるね。それを確認するまでは、誠意か罠か、判断のしようもない。違うかね」

問い詰めたつもりが、吉夏はかえって不遜に笑った。

「さすがは桂《ケ》東月だ。小官の見立ては間違っていなかった」

「何が言いたい」

総政治局から来た男は、そこでやにわに身を乗り出し、

「艦長、小官は亡命を企図しています。あなたの艦に配属されたのを天命と感じたからこそ、こうして打ち明ける気になったのです」

「つまり、弟の死の真相を話したのは、私が協力するよう仕向けるためというわけだな」

「その通りです」

「だが私はすでに知っていた。その情報に価値はない」

「そうかもしれませんが、単に裏を取って頂く手間が省けただけとも言えるでしょう。それよりも小官の読みでは、きっとあなたは——」

これ以上発言させてはならないと直感した。

「ただちに君を拘束してもよいのだぞ」

「そうしたいのであればご自由にどうぞ」

少なからず感心する——大した度胸だ。

「本当に小官を拘束するつもりなら警告抜きですでにやっているはずです。違いますか」

駆け引きの呼吸も一流だ。

「桂《ケ》艦長、今回の演習はこの国から脱出する千載一遇の機会です。乗組員の名簿を見ました。主な士官はあなたを信奉する者ばかりだ」

「保衛司令部に連絡する」

内線電話の受話器を取り上げたとき、吉夏《ギルハ》は最後のカードを切った。

「もう一つ、我々にとって信じ難い幸運があります」

「言ってみろ」

「新浦港《シンポハン》から8キロの地点にある第48特別招待所に、兒《ジ》107号、すなわち日本人広野珠代がいます。最近になって移送されてきたのです」

東月《ドンウォル》はゆっくりと受話器を戻した。

最後のピースが嵌《は》まった瞬間だった。


東月は吉夏と〈共犯者〉となる道を選択した。

手札がここまで揃うと躊躇《ちゅうちょ》する理由を見出すことの方が困難だった――少なくともそう思えるような心境であったのは確かである。

当然ながら、東月は吉夏の動機を入念に質《ただ》した。

返答は概ね以下のようなものだった。

叔父を密告して昇進の確約を得た吉夏は、輝かしい将来を思い、上機嫌で自宅の片付けを行なっていた。その際、未開封のまま放置していた郵便物に気がついた。たどたどしい子供の字で、差出人を見ると何年も疎遠になっている八歳の従妹《いとこ》からのものだった。不審に思って開封したところ、真の差出人は叔父で、検閲を逃れるため封筒は娘に書かせたとある。そこには海外の銀行の口座番号とパスワードが記されていて、吉夏《ギルハ》の将来に資するよう密かに口座を開設したと認《したた》められていた。

手紙を持つ手が震えるのを、吉夏は抑えることができなかった。

自己中心的な俗物と見下していた叔父が自分のことをそこまで思っていてくれたとは驚きであるが、それは同時に、自分にとって時限爆弾付きの死刑宣告書でもあった。

叔父の隠し口座について追跡調査中である保衛司令部が、この口座を発見するのは時間の問題だ。そうなると自分は叔父の共謀者で国家に対する反逆者ということになる。

叔父は保衛部内で取調室に移送される最中、隙を見て階段の上部から大きく身を投げ出した。一命は取り留めたが、頭蓋骨骨折で現在も意識不明の状態が続いている。

叔父が意識を取り戻し、さらに自分を告発したのが甥であると知ったとき、叔父は甥のための口座について自白するに違いない。たとえ叔父が意識を取り戻すことなく逝ったとしても、自分名義の口座だけが発見されないと考えるほど愚かではない。

保衛司令部の捜査中に、口座の痕跡を消すような動きをするのは不可能だった。それは発見してくれと声を上げるようなものだからだ。

先手を取ることも考えた。発覚する前に自らこの手紙を持って出頭し報告するのだ。だが上層部には自分を憎む者も相当数いる。一度疑念を持たれたら、罪の有無にかかわらず、徹底的に目をつけられ、最後には必ず失脚させられる。そういう例をこれまで何度も身近で目撃してきた。

皮肉にもほどがある。自らの出世を約束してくれるはずの密告が、そのまま自らの首を絞めることになったとは。

選択肢はない。吉夏に残された道は、口座を発見される前に一刻も早く亡命することだけだった。

そのために吉夏は、自らの立場を利用して徹底的に情報を収集した。

結果として、いくつかの情報が目を惹いた。

一つは、目前に迫った大演習において桂東月《ケドンウォル》大佐が潜水艦11号を指揮して参加すること。彼の弟である桂東哲《ドンチョル》の死の真相については、以前総政治局で耳にしたことがあった。東月の人物像に関する報告書を手に入れ検討したところ、自分の目的にとって最適であると確信するに至った。

もう一つ。日本から拉致されてきた広野珠代が、喘息の療養のため、演習地近くの特別招待所に移送されていること。

この二点が、吉夏《ギルハ》の頭脳の中で急速に結びついたのだった。

4

「本来ならば、事前にあなたに計画を打ち明け、同意を得ておきたかった。しかしどんなに頭を絞っても、そのための手立てを見出せませんでした」

　東月《ドンウォル》は珠代を間近に見つめたまま話し続けた。

「あなたはとても厳重に監視されていた。もし私や同志の誰かが下手に接触しようものなら、たちまち亡命計画が露見したことでしょう。そのため、心ならずも辛《シン》上佐の案を受け入れざるを得なかった。つまり、決行の直前にあなたを強引に連れ出すという作戦です。辛は自分の階級と役職を利用して保衛司令部の車や制服など必要な小道具を用意した。彼だからこそ可能であった作戦で――」

　そこで珠代は東月を遮るように、

「もし私が承知しなかったら、薬か何かを使って眠らせるつもりだったのですね。ただ脅すだけでは私がいつ騒ぎ出すか分かりませんし、手足を縛り猿轡《さるぐつわ》をかませても同じ。私があのトランクの中で少しでも物音を立てた途端、間違いなく人の注意を惹いてしまいます。また、私を殺したとも思えません。日本と交渉するには、私が必要でしょうから」

落ち着いたその口調に、東月はまたも目を見張った。

「あなたほど聡明な人を、私は今日まで……」

その先は言えなかった。自分が言わんとしたことの愚かさを悟ったからだ。

これほどの女性に対し、かくも残酷な運命を与えたのは他ならぬ祖国である。

代わりに東月は深々と頭を下げていた。

「申しわけありません。軍人として、私は恥ずかしくてならない」

「頭を上げて下さい。拉致のことについておっしゃっているのなら、あなたの責任ではありません。共和国では、党の命令は絶対です。誰であろうと逆らえるものではありません。ましてや軍人なら——」

「いえ、軍人だからこそです」

東月は顔を上げて言い切った。

「確かに以前の私なら、分かっていても見ないふりをするだけだった。悔やまれてなりません。私は軍人として、もっと早く行動すべきだった」

「どんな行動を、ですか」

「え……？」

心なしか、珠代は笑っているようだった。

「私はあの国を知っています。共和国の軍人にしては、あなたがとても変わった人であるのは認めましょう。ですが軍人であればなおのこと、できることなどなかったと思いますよ」

「それは――」

返す言葉もないとはこのことだった。

広野珠代はどこか達観したような笑みを浮かべ、

「それ以上おっしゃると嘘になりますよ、艦長。あなたの言葉は、もう充分不自然です」

彼女は徹底した思想教育と、それに支配された人民の精神構造を理解しているのだ。

「私はあなたを信用したいと思っているのです。よく聞いて下さい、艦長。私達はお互いに信じ合わねばなりません。そうでなければ、この計画はきっと海の泡より脆く崩壊するでしょう」

敵わない、と思った。経験を積んだはずの軍人である自分が、この小柄な婦人に。

彼女は二十代の頃に党中央検査委員会に勤務する下級官吏と結婚させられている。だがこの結婚は夫となった人物の自殺によって幕を閉じた。結婚期間は三年にも満たなかったと聞いている。自殺の原因は詳《つまび》らかにされていないが、想像はできる。国によって強制された結婚が人間の精神にダメージを与えぬはずがない。

東月《ドンウォル》は自らの結婚生活を思い出して苦笑し、次いで己を戒める。海にばかりいて地上に存在しないも同然の自分が、妻をどれほど苦しめていたことかと。そんな人間が広野珠代やその配偶者となった男の葛藤をいくら想像しようと、それはきっと真実から遠く離れたものでしかない。

それでもなんとか会話を続けようとした途端、珠代が苦しそうに咳き込み始めた。

「大丈夫ですか」

慌てて彼女の背中をさする。珠代は長年のストレスを主な原因とする喘息の持病を抱えていた。

「ええ、大丈夫です……お水を頂けますか」

「少しお待ちを」

手を伸ばして常備しているペットボトルをつかみ、プラスチックのコップに注ぐ。

珠代は持参のポーチからガラスの薬瓶を取り出して中の錠剤を一錠口に含み、受け取ったコップの水で流し込んだ。

だが咳は一向に治まりそうもない。

ようやく気づいた。現在艦はシュノーケルを使用し潜航状態で充電している。海が荒れているためシュノーケルが波を被って艦内気圧が低下しているのだ。乗組員は慣れているが、珠代はそうではない。咳が止まらないのはそのせいだ。すぐに浮上充電に切り替える必要がある。

「ここでお待ち下さい」

立ち上がった東月《ドンウォル》に、

「私のことならお気になさらず。もう少しここで休ませて頂ければ」

「どうぞご遠慮なく」

そう言い残し、狭い通路を急ぎ発令所へと向かう。

発令所に入った東月は、そこで異様な光景をまのあたりにした。

何が起こった――

空気が帯電しているのかと思えるほどひりひりとした緊張が肌に伝わってくる。士官と兵達は一人残らず彫像のように棒立ちとなっていた。

彼らの視線は、対峙する弓勇基《クンヨンギ》航海長と辛吉夏《シンギルハ》政治指導員とに注がれている。

勇基の手にした68式拳銃が、吉夏の胸に向けられていた。

「航海長、武器をしまいたまえ」

東月は落ち着いて命令する。

「聞こえなかったのかね、航海長」

「聞こえました、艦長」

吉夏から視線を逸らさずに勇基が答える。だが依然として射撃体勢を解こうとはしない。

一方の吉夏は、呆れたような態度を保っている。余裕があるように見せたいのだろうが、制服の下で冷や汗を流していることは想像に難くない。

「艦長に具申します」

勇基は強烈な眼光で吉夏を見据えたまま、水妖と呼ばれるあのしゃがれ声で言った。

「この男はすぐに処分すべきです」

「その前に艦長のご命令に従え」

洪《ホン》副艦長が一際強く命じる。勇基はやはり動かない。

「もう一度だけ言う。航海長、武器をしまいたまえ」

勇基がゆっくりと銃を下げた。

機を逃さずに部下達へ指示を伝える。

「浮上。浮上充電に切り替える」

「浮上」

副艦長が復唱し、柳《リュ》操舵員がとまどいを隠せぬ声で応じる。

「浮上します」

それから東月《ドンウォル》は副艦長に向き直り、

「報告を聞きたいな、副艦長」

「それが、我々にもさっぱり……気づいたらこうなっていて……」

歯切れの悪い文言を返してきた。昌守《チャンス》には珍しいことだった。

東月は次いで勇基《ヨンギ》に質した。

「航海長、説明したまえ」

「この男の役目は終わりました。我々の計画にもう必要ありません」

「少佐の君が、上佐の私を『この男』呼ばわりかね」

吉夏《ギルハ》が嘲笑する。たった今まで銃口を向けられていた男の態度とはとても思えない。その場にいる者全員が固唾《かたず》を呑んで双方を見つめている。ソナー員の尹圭史《ユンキュサ》上士さえ、無表情でヘッドフォンを耳に当てたままソナー室から身を乗り出していた。

「艦長もご覧になったでしょう。この男が自分の部下をなんの躊躇もなく射殺するのを。こいつは腐った党そのものだ。こいつの動機は俺達とは違う。自分の悪事が発覚したから逃げようとしているだけだ。それがなければ、今ものうのうと軍に居座って祖国を腐らせ続けたに違いない。こんな悪魔を乗艦させているだけでも縁起が悪い」

勇基の声だけに、皮肉にも彼の言葉こそ悪魔の呪詛と感じられた。

東月は士官達に計画を打ち明けた際、要となる航海長の弓《クン》勇基が、賛同はしたものの常ならぬ屈託を見せていたことを思い出した。その理由が分からず気になっていたのだが、どうやら原因は辛《シン》吉夏の存在にあったらしい。

「弓少佐、君はこの亡命計画を『我々の計画』と言ったね。確かに練り上げる過程で君達の意見も入ってはいる。だがもともとは『私の計画』だよ。そのことを忘れているのではないかね」

吉夏のよけいな挑発に、勇基が再び銃口を上げる。

「それがどうした。誰の計画であろうと、あんたはここで退艦するんだ」

東月は銃口の前に立ちふさがり、静かに告げる。

「何かわけがあるのだな、勇基」

「わけはこの声ですよ、艦長」

勇基の返答は意外なものだった。

「信じられないでしょうが、ガキの頃の俺は、地区の合唱団に指名されるほどの美声だったんですよ。なんの取り柄もないガキが、歌ったときだけは褒められる。それだけで無性に嬉しかったもんです。変声期が終わっても、やっぱりいい声だ、いいテノールになったってみんなに言われて、ほっとしたのも覚えています。中学生の終わり頃、俺は近所の爺さんが路上で見知らぬガキどもによってたかって殴られているのを目にしました。五、六人はいましたか、相手は平壌第一中学《ピョンヤン》の生徒でした。俺はすぐ助けに入りました」

平壌第一中学校は北朝鮮全土から優秀な生徒を集めたエリート養成校であるが、卒業者にはさまざまな特権が与えられるため、悪質な裏口入学が常態化している。また生徒による不祥事も後を絶たない。

「ケンカには自信のある方でしたが、多勢に無勢ってやつで、気がつくと仰向けになって手足を地面に押さえつけられてました。リーダーらしい生徒が、にやにやと笑いながら俺の喉を踏みつけました。何度も、何度もね。そのうち気を失って、気がついたときは病院でした。爺さんは意識不明で、俺の喉は潰されてました。爺さんは意識が戻らぬまま十日後に死にました。気のいい爺さんだったんですよ。ちょっとボケてましたが、歌が好きで、昔から俺のこと、自分の孫みたいにかわいがってくれました。殺した奴らは一人も処罰されませんでした。全員が党幹部の息子だったからです。口裏を合わせて、爺さんが首領様を侮辱したから制裁を加えたのだと主張したそうです。俺を見下ろして喉を踏み続けた野郎の顔は、忘れようったって忘れられません。なあ上佐、あんたは俺の顔を覚えているか」

平然と、そして傲岸に吉夏《ギルハ》が答える。

「悪いが記憶にないな」

「貴様っ」

優秀な航海長の顔に浮かんだ殺意と怨念は、特権階級に対する人民のそれを代弁していた。その気持ちは分かりすぎるほど分かる。自分だけではない。他の士官や兵達も、同じ気持ちを心に抱いていたからこそ、亡命計画に賛同したのだ。

勇基《ヨンギ》が現在の吉夏について把握していたとは思えない。亡命計画を打ち明けたとき、自分の横に立つ上佐の顔を見て、勇基は心底驚いたことだろう。しかし他の士官達が賛同する中、一人だけ異を唱えるわけにもいかなかった。むしろ妻子のいない勇基は、誰よりも強く亡命を望んでいたと思う。だからあえて私怨を殺して参加した。

それが吉夏による時を超えた非道を目撃して、一度は抑えたはずの怒りが臨界点を超えたというところか。

「退《ど》いて下さい、艦長。国を捨てた俺達に、政治指導員なんて要りません。それどころか、こいつは先々絶対に計画の妨げとなります。今のうちに処分すべきです」

普段は北氷洋の寒風とも感じられる勇基の声が、今はインド洋の熱風と化している。それだけ吉夏への恨みが深いのだ。

口を開こうとした東月《ドンウォル》は、勇基の肩越しに、そして皆の背後に、そっと佇む珠代の白い顔を見た。ハンカチで口許を押さえながら、不安でもなく、困惑でもなく、ただ無心にこちらを見つめている。

——私達はお互いに信じ合わねばなりません。そうでなければ、この計画はきっと海の泡より脆く崩壊するでしょう。

耳にしたばかりの珠代の言葉が甦る。

「いいか、勇基《ヨンギ》。今の我々に必要なのは信頼であり、団結であり、平時にも勝る規律だ。我々は同志だが、軍人としての規律が失われたらそれは単なる烏合《うごう》の衆でしかない。目的を忘れるな。そして自らの務めを果たせ、航海長」

俯《うつむ》いた勇基に、東月《ドンウォル》は無言で片手を差し出す。

相手は持っていた拳銃をおとなしく渡した。

誰もが安堵の息を漏らすと同時に——

「方位277に新たな目標。距離8・6海里、大型艦です」

レーダー員の努永《ノヨンサム》三上士が叫んだ。

早すぎる——

現在時刻一七〇六。位置、新浦《シンポ》東230キロ。朝鮮人民軍は自分達の予想をはるかに超える幅広い捜索態勢を敷いていたのだ。海軍所属の艦艇を残らず動員したのかとさえ思えるほどに。

その中の一隻によるレーダー網が、艦の浮上した瞬間を捉えたに違いない。

おそらくは——そして最悪の想定は——1135１級コルベットだ。NATOでのコードネームを『クリヴァクⅢ』。朝鮮人民軍の新鋭水上艦である。

それが方位277、つまり西方から追ってきているのだ。

「新たな目標を『ダ』と名付ける。急速潜航、機関をディーゼルから電動機へ」

東月の命令に全員が動く。

敵はこちらが海面で一息つく隙さえ見逃してはくれなかった——

苦い思いを噛み殺し、即刻頭を切り替える。

おそらく一足先に直昇飛行機が来る——

敵艦が本当に11351級だとすればカモフKa－27対潜ヘリだ。

全員が恐怖するタイミングを見計らったように、尹《ユン》上士が抑揚のない声で報告する。

「方位045から135に着水音多数。距離不明。直昇飛行機が本艦前方にソノブイを撒いているものと思われます」

圭史《キュサ》の見つめるモニター画面には連続する短い縦線が表示されている。彼は平然とした表情を保っているが、海面に着水するソノブイをノイズと区別するのは至難の業である。尹圭史の耳なればこそ躊躇なく断定できたのだ。

発令所が一気に緊迫する。吉夏《ギルハ》と勇基《ヨンギ》の因縁に構っている余裕などすでにない。

「前方からまたも着水音。ソノブイです」

対潜ヘリはソノブイを等間隔で落とそうとするため、着水音のエコーは規則性を持ってモニター上に表示される。もう間違いない。自分達の頭上にヘリがいるのだ。しかも刻々とこちらへ迫りつつある。

艦を停止させ、中立姿勢を取ってやり過ごすか――

大体の位置を把握したら、ヘリは次にディッピングソナーを海面に垂らし、完全にこちらを特定するだろう。あるいは磁気探知装置を使うかもしれない。

それを使われたらこちらの負けだ。対潜爆雷で簡単に撃沈される。

対潜ヘリがソノブイの反響により潜水艦の位置を解析するまでおよそ十分。それまでが勝負だ。

少しでも判断が遅れたら全員が死ぬ。東月《ドンウォル》は決断した。

「閔《ミン》魚雷長」

「はっ」

副艦長よりもさらに大柄な〈豪傑〉閔在旭《ジェウク》中尉が進み出る。

「〈あれ〉を持ってこい。大至急だ」

いかにも強面《こわもて》といった風貌の在旭が、一瞬狼狽したような表情を見せた。

「浮上して直昇飛行機を近距離から撃墜する。魚雷長、君がやるんだ。〈あれ〉の扱いにかけては君が一番だったはずだ」

「はっ」

肩幅の広い在旭が狭い通路に身体をまるでぶつけることなく艦尾魚雷室へと走り去っていく。奇跡の如き体さばきと言うよりない。熟練した潜水艦乗りに特有の動きだ。

東月は立て続けに指示を下す。

「潜望鏡深度まで浮上、対水上レーダーを回せ」

ヘリがソノブイを落とし続けている状況であるなら、飛行高度は低いものと推測される。対水上レーダーでも探知できる可能性が高い。敵ヘリも対水上レーダーを装備しているが、海面から出る潜望鏡や対水上レーダーを探知できるほど高性能ではない。またこちらが電波を発しても、ヘリは探知装置を持たないので気づかれる心配はない。

レーダーを睨む努《ノ》上士の額に汗が滲む。配置に就いた各員の額にも。

「反応あり。方位045、距離1・6海里、低速で南に移動中」

振り返らずに永三《ヨンサム》が叫ぶ。

よし、やれる――

そこへ魚雷長が駆け戻ってきた。手にしているのは、携帯式地対空ミサイル発射器『火縄銃《ファスンチョン》』。旧ソ連の開発した9K32ストレラ2のライセンスを受け共和国が生産したものである。使用するHE破片効果弾の誘導はパッシブ赤外線ホーミング方式であり、先端の赤外線シーカーが目標の熱を感知し、追尾する。

東月《ドンウォル》の部下達はこれを救命ボート等の装備と一緒に密かに搬入し、艦尾魚雷室に隠していたのだ。しかし、入手できたミサイル本体は一発のみだった。

「こいつをこんなに早く使うことになろうとは」

そう呟いた東月は、一転して敢然と命じる。

「急速浮上。閔《ミン》魚雷長は警戒員二名とともに昇降ハッチで待機。敵直昇飛行機は射程内にいる。浮上次第撃墜せよ」

「お任せ下さい」

大いに緊張しながらも在旭《ジェウク》は、全長約1・5メートル、総重量15キロ以上に及ぶミサイル発射装置を軽々と抱えて行動を開始した。

「一度きりの勝負だぞ、航海長」

定位置である海図台の前に戻っていた勇基《ヨンギ》が頷いた。

「承知しております、艦長」

先ほどの騒ぎを忘れ果てたかのように、勇基は本来の冷静な顔に戻っている。

上空にヘリコプターのいることが分かっていながら浮上するのは、潜水艦にとって命懸けの行為である。それでも他に方法を見出せない。やるしかなかった。

東月は周囲にも次々と発令する。

「総員、敵の攻撃に備えよ。機関員は急速潜航に備えて待機。すぐに潜航できるようにしておけ。昇降ハッチ開放準備」

艦が急速に上昇していくのが感じられる。全員が無意識のうちに頭上を見上げていた。赤錆びたダクトと乏しい照明の生み出す暗がりしか見えないというのに、それでも真剣に低い天井を睨み続ける。

深度と反比例するかの如く、艦内の空気が圧力を増していく。奇妙なことに、一秒ごとに艦全体が縮んでいくような気さえする。錯覚と呼ぶにはあまりに生々しい実感であった。

静寂の中、珠代が激しく咳き込む音が聞こえてきた。極度の緊張が彼女の持病にとって好ましくないことくらい素人でも分かる。彼女はハンカチで口を押さえ懸命にこらえようとしているが、それでも無音にはほど遠い。対潜ヘリを相手とするこの状況が、艦内の静寂を要求するものでないことは不幸中の幸いだった。

だが、この先は――

東月《ドンウォル》は頭の中から不要な考えを締め出した。今のこの瞬間を切り抜けねば、〈先〉などありはしないのだ。

それでも吉夏《ギルハ》や数人の乗組員が、珠代を横目に見て舌打ちする様子が目に入った。

「間もなく浮上……セイル部海面に出ました」

秀勝《ススン》の声に応じ、すかさず命じる。

「昇降ハッチ開放。船体は海面に出すな。針路、速力このまま」

浮上時特有の振動に艦が揺れ、波音までもが伝わってきた。

ハッチからセイルへ飛び出した在旭《ジェウク》の顔面に、みぞれ混じりの強風が吹きつけた。だがこの程度の風なら過去に嫌というほど体験している。在旭は両眼を見開き、眼前の薄闇を凝視した。

「うわっ」

柄《がら》にもなく驚愕の声を漏らしてしまった。

ヘリは目と鼻の先にいた。カモフKa－27。しかもホバリングの真っ最中だ。

眼下に突如浮上した潜水艦と遭遇し、ヘリの方でも驚いているに違いない。

「いましたっ。カモフＫａ－27です！」

警戒員が即座にインターコムで報告している。

薄明の彼方に浮かぶ敵艦はやはり１１３５１級だ。

「本艦の正面、距離約０・８、ソナーを降ろしてホバリング中！」

警戒員の声を背後に聞きながら、在旭《ジェウク》は肩に抱えた地対空ミサイル発射器を向ける。

絶好のタイミングだ。自分の腕なら外しようのない距離である。

しかし正面では位置が悪い。火縄銃《ファスンチョン》——９Ｋ32のような第一世代のパッシブ赤外線ホーミング・ミサイルは熱感知能力が低く、敵機の後方からしか狙えない。

「警戒員、前に出るよう発令所に要請しろっ」

火縄銃を構えたまま怒鳴る。

「はっ」

警戒員がインターコムに飛びついた。

〈直進、直進願いますっ〉

恐慌をきたしたような勢いで警戒員が要請してきた。

東月はその意味を瞬時に悟った。真っ向から対峙した体勢では火縄銃は使えない。このまま艦を直進させ、ヘリの後方に出る。在旭《ジェウク》はすれ違いざまに撃つつもりなのだ。

「針路このまま、最大速力」

秀勝《ススン》が指示の通り操舵する。

だが、二分が経過してもなんの報告もなかった。計算ではすでにヘリとすれ違っていてもおかしくはない。東月《ドンウォル》も焦りを覚え始める。

どうした、在旭――

11号は狙い通り急速にヘリの後方海面へと進んでくれた。

よし――

振り返った在旭は火縄銃の照準をヘリに合わせようとする。

駄目だ――

狙いがつけられない。波によるローリング（横揺れ）が激しすぎるのだ。

逆三角形の体型を持つ在旭が、案山子《かかし》のように頼りなく煽られている。それでなくても重いミサイル発射器を抱えて重心が不安定な在旭は、立っていることさえやっとの状態であった。

「魚雷長、早く、早くっ！」

二名の警戒員が左右から懸命に自分を支えている。だがそれでもこの風と揺れには抗すべくもなかった。事態は悪化する一方だ。頭上をはるかに超えた高さから押し寄せる波が自分達をさらおうとする。ミサイルを発射するどころではない。ぐずぐずしていたら海の底へと引きずり込まれてしまう。

あまりの揺れに、警戒員の一人が自分を支えながら胃の内容物を吐き散らした。その吐物さえたちまち波に洗われて、清潔感すら覚えるほどだ。

ヘリはすでにディッピングソナーを機内に引き揚げつつあった。次に反転したヘリは必ず爆雷を投下してくる。

対してこちらのミサイルは一発しかない。目標を外した場合、ミサイルは十五秒前後で自爆するシステムになっている。

早く撃たねば——

だがどうしても照準を定められない。このままでは艦が爆雷を食らってしまう。

——お願いです、助けて下さい。

不意に聞こえた。自分の声ではない。警戒員の声でもない。〈あのとき〉の漁師の声だ。

——償いはします、本当です、お願いします、殺さないで下さい。

ミサイル発射器を構え、波飛沫《なみしぶき》を浴びながら、在旭は口を固く結んだまま舌打ちする。

どうしてこんなときに――

なぜか〈あのとき〉のことが思い出される。最も思い出したくないことが勝手に頭の中で広がっていく。

まだ最下級の新兵だった頃、在旭《ジェウク》は配属された基地の上官に命令された。こいつらを殺せと。そして拳銃ではなく、その場にあった一本の包丁を渡された。

――こいつらは鬼畜にも劣る犯罪者だ。処刑するのは軍人の仕事だ。

分かっていた。縛られ、泥の上に転がされている四人は確かに犯罪者だが、上官もまた犯罪者だ。上官の背後に無表情で控えている側近達も。

すり切れたビニール製の上着だけでなく、全身にどうしようもなく染み込んだ魚の臭いで察しがついた。四人とも漁師だ。食えないあまり、密漁や密輸に手を出した。たまたまそこが、基地司令の縄張りであっただけだ。その結果、基地司令と部下達の犯罪収益が減ってしまった。四人は当然の報いを受けなければならない。

――さあ、やれ。共和国のためだ。

包丁は漁師の商売道具だ。その包丁で漁師を殺せと上官は言う。

――お願いです、助けて下さい。

懇願というより捨て鉢に聞こえる漁師の声。希望より絶望の勝った哀れなまなざし。

手を伸ばし、包丁を受け取った。受け取った。受け取った――

一際大きな波を受け、在旭は唾棄《だき》すべき幻影からセイルの上に引き戻された。

違う、違う、違う、違う――

水平に落ちる滝のような海水を顔面に受け、その咆哮《ほうこう》は喉にとどまる。

今の俺は共和国のために戦っているのではない。自分と、自分の仲間達のために戦っているのだ――

自分が見つめるべきは悪夢ではなかった。目の前のヘリだった。

距離、約８００メートル。ディッピングソナーの収納を終えたヘリは、すでに反転の体勢に入っている。

在旭の網膜で、ヘリのエンジン排気口が鮮明な像を結ぶ。照準器からロックオンを知らせるブザー音が小さく聞こえた。その機を逃さずトリガーを引く。

エンストを起こした三輪自動車のように、どうにも頼りない噴射音を立てて射出されたミサイルは、数メートル先でロケットを噴かすと同時に猛烈な勢いで加速する。

ミサイルはおよそ9キログラムもの重量を有する。射出の瞬間、在旭は体が軽くなるのを実感した。点火されたロケットのブラストを全身に受ける。濡れそぼった軍服がその熱でいっそ乾いてくれればいいと願う。

反転しつつあるKａ－27を追いかけるように、ミサイルは薄い白煙を引きつつ飛翔した。命中。橙色《だいだいいろ》の閃光とともに小さな破片が飛散した。


「警戒員、状況を報告せよっ」

昌守《チャンス》がインターコムに唇を押し付けるようにして怒鳴った。返事はない。タイミングを逸して撃墜に失敗したとしても、報告だけはするはずだ。もしかしたら三人とも波にさらわれたのかもしれない。

東月《ドンウォル》は無言で頭上を見上げる。今は〈豪傑〉閔在旭《ミンジェウク》を信じるしかなかった。

呼吸することも忘れたように全員が耳を澄ます。珠代の咳さえ止まっていた。

〈命中、敵機の機体右上方に命中しましたっ〉

発令所全体を包んだ安堵の空気を引き裂くように、続けて緊迫した声がインターコムから飛び出してきた。

〈待って下さいっ〉

「どうしたっ」

〈敵機、反転し本艦へ接近中〉

火縄銃《ファスンチョン》の弾頭威力は手榴弾に毛が生えた程度しかない。また速度も遅いためエンジン排気口表面で爆発してしまったのだろう。

続けてもたらされた警戒員の報告は、一同をいよいよ絶望させるものだった。

〈爆雷です、敵機爆雷二発搭載確認っ〉

黒煙を上げながらもヘリは一直線にこちらへと向かってくる。

爆雷が投下されるのは時間の問題である。数秒か、数十秒かの。いかなる策ももう間に合わない。

これまでか――

途轍もない無力感に沈みかけたとき、在旭の胸に鬱勃《うつぼつ》たる怒りが湧き上がってきた。

ふざけるな――ふざけるな――ふざけるな――

無意識のうちに在旭は腰の68式拳銃を抜き、迫り来るヘリに向けて乱射していた。

ヘリであろうと、軍であろうと、国であろうと、俺を潰せるものなら潰してみろ――そんなことを大声で喚《わめ》いたように思う。

自分は何に向けて発砲しているのか。もはやそれすらも定かでない。

過去に向けて。罪に向けて。自分自身に向けて。

在旭は夢中でトリガーを引き続けた。

たちまち全弾を撃ち尽くし、銃のスライドは後退したまま動かなくなった。二人の警戒員も凝固している。

空を飛ぶ猪の如くこちらへ突っ込んできたヘリが、不意にバランスを崩したかと思うと、そのまま海面へと落下した。

拳銃による射撃のせいでは決してない。それどころか、激しくローリングするセイルから発砲した弾丸など一発も当たっていないだろう。そもそも拳銃弾程度でヘリが撃墜されるものではない。

敵対潜ヘリはやはりエンジンにダメージを受けていたのだ。

放心する在旭《ジェウク》を尻目に、警戒員がインターコムに向かって叫んでいた。

〈敵機、海面に着水。撃墜を確認〉

インターコムから興奮した警戒員の声が伝わってきた。

際どいところだった。歓喜に沸く乗組員を制するため、東月《ドンウォル》はすぐさまインターコムで指示を伝える。

「魚雷長と警戒員の収容急げ。潜航準備」

次いで努《ノ》レーダー員に向かい、

「努上士、敵艦の位置は」

「目標『ダ』は方位270、距離10・8、速力20ノットで接近中。間もなく敵100㎜砲の射程に入ります」

永三《ヨンサム》の悲壮な叫びに、全員が我に返ったようだった。かろうじて撃墜したヘリは単なる尖兵でしかない。真の敵は11351級コルベットなのだ。

その武装は対空ミサイル一基、100㎜砲一基、30㎜機関砲二基、四連装魚雷発射管二基、多連装対潜ロケット二基。中でも100㎜砲は浮上中の潜水艦にとって致命的な脅威となる。

〈魚雷長と警戒員収容しましたっ〉

インターコムからの連絡と同時に叫ぶ。

「急速潜航。急げ」

全員がまたも表情を強張《こわば》らせる。寸刻を置かず艦全体を叩く音がした。100㎜砲弾が艦の至近海面に着弾しているのだ。

敵砲弾が艦を貫くのが先か、それとも海中に逃げ込むのが先か。いずれにしても紙一重の差となるだろう。

恐怖が珠代の胸を揺さぶったのか、これまで以上に激しく咳き込み始めた。苦しげなその咳も、張りつめた緊張の波に呑み込まれて顧みる者もいない。彼女の苦痛を感知しながら、東月《ドンウォル》にも構っている余裕はなかった。

艦を叩く音が次第に小さくなり、やがて完全にやんだ。

「深度100まで潜航」

航海長のしゃがれ声に、発令所の面々が身を起こす。勇基《ヨンギ》の特徴的な声が、この場合、皆の平常心を呼び覚ますのに役立った。

100㎜砲の砲弾もここまでは届かない。だが、次に来るのは多連装対潜ロケット弾の集中砲火だ。

「針路180に変針。各員衝撃に備えよ。ロケット弾が来るぞ」

「針路180に変針します」

秀勝《スンスン》が舵輪を操作する。

全員が手近のパイプや機械類にしがみつくや否や、凄まじい振動が立て続けに襲ってきた。

コルベットやフリゲートの装備する多連装対潜ロケットとは、ロケット弾で投射される小型爆雷である。もちろん100㎜砲より射程は短いのだが、こちらの大まかな位置を特定した1135 1級は、猛然と接近しつつある。

艦内のあちこちから水が噴き出した。そのつど側にいた乗組員がバルブを閉め、裂け目にボロ布を詰める。この様子では外殻へのダメージは避けられまい。内殻さえ無事なら艦が沈むことはないが、外殻と内殻の間にあるバラストタンクが損傷したら最期だ。艦はもう二度と潜水も浮上もできなくなる。

一際大きな衝撃が来た。よろめいた東月は、視界の隅で珠代が薬の小瓶を取り落とすのを見た。薬で咳を止めようとしたのだろう。ガラスが砕け散り、錠剤が散乱する。珠代の面上に、ロケット弾の直撃を受けたかのような絶望が広がった。彼女は慌てて床に膝をつき、地震よりも激しく揺れる艦内で薬を拾い集めている。

無理だ――

さまざまな機器が入り乱れるこの老朽艦内ですべての薬を回収することは、砂浜に散った灰を集めるよりも難しい。

爆発はやまない。直撃を受けずとも、このままでは外殻が破られ、バラストタンクに影響が出かねない。

保《も》ってくれ――

祈るしかない。他の乗組員も自分と同じ気持ちだろう。神仏とは最も縁の薄そうな吉夏《ギルハ》さえ、人智を超えた何かにすがるような表情を見せている。

右に、左に。そして上下に。至近距離での爆発に艦は揺さぶられ続ける。ある者は床に投げ出され、またある者は壁に手足や背中を打ちつけて悲鳴を上げる。

衝撃が不意に遠ざかった。

秀勝《ススン》による必死の操艦に、11351級はこちらをロストしたのだ。

「電動機停止」

昌守《チャンス》が復唱する。

「電動機停止」

間もなく艦は海中で静止した。

潜水艦の本領発揮と言いたいところだが――

海中では水の密度の違いなどから音の速さが変化し、シャドーゾーンと呼ばれる音波の伝わらない深さが存在する。水上艦がここに隠れた潜水艦を探知するのは困難であり、逃げ込むには最適の場所なのだ。しかし老朽艦である11号に限らず、北朝鮮軍のロメオ級潜水艦は強度劣化により100メートル程度しか潜航できない。シャドーゾーンを利用する戦法など最初から封じられていると言っていい。

そうした事情を熟知している敵艦は、可変深度ソナーを使ってこちらの位置を特定し、魚雷で勝負をつけようとするだろう。

今11351級の艦長はそのための決断に時間を費やしているはずだ。この場合、たとえ一秒、いや〇・一秒であっても決断の遅れた方が敗者となる。

「針路変針２７０、速力10、深度このまま」

相手の針路に変針はないか、最終確認を行なうため艦首を敵艦の方向に向ける。艦首ソナーは後方の探知精度が低い。位置の確度を少しでも高めるために艦首を西向きにさせたのだ。自分の意図を察した圭史《キュサ》が無表情のまま集中するのが分かる。

可変深度ソナーはアクティブ、すなわち自ら音波を発して海中の物体を探る方式である。敵艦が可変深度ソナーの音波を発したその瞬間に勝負は決する。

「目標『ダ』に対して魚雷攻撃を行なう。艦首２番３番、発射管準備。アクティブホーミング設定、発射管扉開放許可」

〈２番３番魚雷発射準備完了〉

インターコムから閔《ミン》魚雷長の声が返ってきた。艦内に戻った在旭《ジェウク》は自分の持ち場へ直行したものと見える。

全員が再び黙り込んだ。

艦の中と外とが静寂に戻る。厳密に考えれば海上では風濤《ふうとう》が荒れ狂っているかもしれない。だが自分達には関係ない。先に静寂を破った者が死ぬだけだ。

無言でありながら、皆がヘッドフォンを付けた圭史を注視している。さすがにこのときだけは圭史独特の無表情が恨めしいといった顔を見せていた。

その鉄仮面と称してもいいような無表情の上を、時間がナメクジの這うより遅くゆっくりと流れていく。

一分後、尹圭史《ユンキュサ》がぽつりと言った。

「感あり。方位250、距離3・8」

東月《ドンウォル》は叫ぶ。

「2番魚雷発射」

〈2番魚雷発射〉

「3番魚雷発射」

〈3番魚雷発射〉

「右回頭、針路そのまま090で最大速力」

ソナー確認から魚雷発射まで最短でこなした。部下達の熟練度は最高だ。

六分と二十八秒後、圭史が抑揚のない口調で、

「爆発音探知。破壊音探知。魚雷は目標『ダ』に命中したものと思われます」

言い終わるや否や、巨人がドラム缶を叩き潰したような音が響いてきた。

危機を脱したことが確認された後、手の空いている者で散乱した珠代の薬を捜した。

しかし、見つけられたのはたった四錠にすぎなかった。珠代の話では、もともと二日分しか用意していなかったという。

「私のせいです。皆さんにご迷惑をかけて」

うなだれる珠代に対し、返答できる者はいなかった。

それまで四つん這いになって薬を捜していた吉夏《ギルハ》が立ち上がり――艦内において最も〈手が空いている〉のは彼に他ならない――聞こえよがしに東月に絡む。

「フリゲートは幸い撃沈できたが、これが違う状況だったらどうします？　あの咳は静謐《せいひつ》を第一とする対潜水艦戦では我が方にとって極めて不利な要素となり得るのでは」

一般に潜水艦内での会話や咳自体が敵艦に伝わることはないのだが、咳に苦しむ珠代が倒れたり何かにぶつかったりしたら、その音が探知されてしまう可能性は捨てきれない。

この先、追手の潜水艦に遭遇しないという保証はない。またそのときまで珠代が薬を使用せずに温存していられるとは考えにくい。仮に薬を飲まずにいられたとしても、肝心の局面において薬が咳を完全に抑えてくれるという保証はさらにない。

珠代はいよいようなだれた。誰よりも芯の強い女性だが、責任感も人一倍強いようだ。

「辛《シン》上佐、ならば聞くが、我々の計画にとって彼女は絶対に必要だ。彼女の存在こそ日本が必ず我々を受け入れるという担保となる。忘れたとは言わせんぞ。最初に提案したのは君なのだからな」

「もちろん覚えておりますとも」

吉夏《ギルハ》は開き直ったように応じる。

「別に私は彼女を処分すべきなどと言っているわけではありません。万一の場合に備えて対策を講じておいた方がよいのではと」

「本艦に医者は乗っていない。どんな対策があると言うのだ」

「では、沈黙が必要とされる状況下では、身動き一つしないよう、なんとしても咳を我慢して頂くしかありませんね」

どこか得意げに言い放った。吉夏らしからぬ幼稚さだ。密閉された狭い艦内での戦闘は、地上でのそれに比べ、精神力を数段以上損耗する。一時的なものかどうかはともかく、吉夏ほどの男でもいささかの変調をきたしたというところだろう。

喘息の咳は我慢しようとしてできるものではない。東月《ドンウォル》が幼いときに亡くなった伯母がそうだった。その苦しみようは、傍で見ていた人々が耐え難いほどであったことを鮮明に覚えている。ましてや戦闘時における緊張の最中で、珠代が持ちこたえられるとは思えない。

「むしろ私は、日本に到着する前に彼女が死んだりしないよう全力を尽くす覚悟でいるのですよ。まあ、明日には着くでしょうから心配はしておりませんがね」

吉夏の嫌みはとどまることがなかった。蓄積した乗組員の疲労や不安が吉夏の口を借りて噴出しているようでもあった。

「できるだけやってみます。どうか心配しないで下さい」

悲壮な決意を見せて珠代が言う。

対して他の者達の表情は、概ね「それができるのなら苦労はしない」とでも言いたげなものだった。

「じゃあ、やってもらいましょうよ」

不自然な明るさで言ったのは呉《オ》鶴林《ハクリム》通信長であった。

「我々と違って、この人は自分の国に帰れるんだ。我慢のしがいもあるってもんでしょう」

珠代を励まし、皆を納得させようとする態度では決してない。

冷たい波飛沫を浴びでもしたかのように珠代が顔を上げた。

本来鶴林はさっぱりとした気性の持ち主だが、今の彼には珠代につらく当たる理由がある。

彼には将来を誓い合った恋人がおり、来年結婚する予定になっていた。そこへ亡命計画を持ちかけられたのである。仲間との連帯感や軍への不満から計画に賛同したが、恋人への想いを断ち切れたわけではない。当局による取調べは受けるだろうが結婚前だから自分とはまだ他人のままであり、彼女に累の及ぶ心配はまずないということが決断の理由になったと本人が話していた。

そうした事情を珠代は知る由もないはずだが、大方の察しはつくだろう。乗組員達が家族を残して計画に参加したことは彼女自身が指摘していた。

「呉《オ》通信長」

東月《ドンウォル》はあえて声を張り上げた。今ここで皆の心が揺らぐようなことがあってはならない。それは全員の死を意味する。鶴林《ハクリム》の唐突な皮肉にはある引っ掛かりを覚えたが、艦長の務めとして、今はそれに〈乗る〉ことだ。

「計画を打ち明けた後、私は君と二人きりで話した。覚えているかね」

「は、覚えております」

「私は君に確認したはずだ。なぜ参加するのかと。本当に後悔はないのかと。君はなんと答えた」

「脱走者どころか、犯罪者の相次ぐ軍に未来はない、自分は上官の命により盗みや物資の横流しをするために入隊したのではないとお答えしました」

「それだけかね」

その問いにしばし沈黙していた鶴林は、右手で左の手首を握りしめ、意を決したように言った。

「艦長にお声がけ頂く前、自分はもう駄目になりそうでした。たとえ結婚しても、相手の女性を守りつつ、軍人として生きていけるのかと悩み、苦しんでおりました。いいえ、将来自分がどうなってしまうか、明確に分かっておりました。妻を持ち、家族を持った自分は、決して今の自分ではいられないと。あの腐った上官達と同じように、率先して犯罪を行なうようになるに違いありません。それは妻となった女性をも不幸にするだけです。そんな自分にとって、この計画は渡りに船でありました。国から逃げ出したのであれば、そんな男であったのだ、所帯を持つ前でよかったと彼女も納得してくれるだろうと。つまりこれは、私自身の未練を断ち切る絶好の機会だと考えました。だからこそ同志として加わったのです」

鶴林の事情について知らなかった者達が目を見張っている。美男子として知られた呉大尉が、そのような苦悩を抱えていたことに驚いているのだ。

「では、広野珠代さんを愚弄するかの如き発言はなんだ。この人は十三歳のときに我が国の工作員によって日本から拉致された。最愛の父母と理不尽に引き離され、今日まで虜囚の身であったのだ。四十五年。そうだ、四十五年間もだ。親子の情に国の違いなどあるものか。彼女とご両親の味わった苦しみは、君にも想像できるだろう。いや、通信長だけではない、他の皆も同じはずだ」

東月《ドンウォル》はそこで意図的に一同を見回す。誰もが俯き、黙り込んでいた。

「家族を残してきた者は他にもいる。しかし、我々にはそれぞれ国を捨てざるを得ない理由があった。自ら望んで捨てたのだ。彼女は違う。そんなことは望んでいなかった。ただ無理やり連れてこられただけなのだ。諸君の痛み、諸君の決断を私は尊重する。なればこそ我々は同志である。なればこそ、彼女に敬意を払うべきであると考える」

一旦息を整えてから、黙したままの鶴林《ハクリム》に声をかける。

「ありがとう、大尉」

「申しわけありませんでした」

鶴林が男らしく頭を下げる。

「諸君、我々は全員で日本へ行く。東月と、そして珠代に対して。そのためには、全員の信頼と結束とが絶対に必要だ。改めて諸君に約束しよう。この先何が待ち受けていようとも、私は必ずや最後まで全力を尽くすと。どうか諸君も自らの選択を信じ、責務をまっとうしてほしい。諸君ならやれると信じている」

なんのことはない、これもまた彼女の受け売りだ——そんな自嘲も頭をかすめる。

だが東月は、自分自身の〈選択〉をより鮮明に理解した思いであった。

静寂の中、珠代が深々と一礼するのが見えた。

小さい拍手の音がした。

全員が振り返る。吉夏《ギルハ》であった。

「素晴らしい演説でした、艦長」

吉夏は真面目とも不真面目とも判別できぬ顔で弓航《クン》海長を見て、

「お言葉に従い、私も弓少佐を信頼したいと思います。彼はきっと、艦を正しい方向へと導いてくれることでしょう」

対して勇基《ヨンギ》は、風の唸りにも似た息を漏らしただけだった。


発令所を出た鶴林が将校居住区画の端にある通信室に入る。その後を追ってきた昌守《チャンス》は、彼に続くようにして自らの体を強引に滑り込ませた。

「副艦長、何か御用ですか」

驚いて振り返った鶴林に、

「下手な芝居を打ちやがって。おまえには映画スターどころか役者は無理だな」

「一体なんの話でしょう」

通路に人がいないかすばやく確かめてから、昌守は小声で答える。

「さっきの話だ。おまえは横からいきなり珠代さんに絡んだ。いきなりだ。『じゃあ、やってもらいましょうよ』とか『我々と違って、この人は自分の国に帰れるんだ』とか、まったくいつものおまえらしくない。どう考えても不自然だ。それでちょっとばかり気になった」

「その件についてはあの場で申し上げたつもりですが。謝罪もしましたし」

「まあ聞け。おまえは艦長があんなふうに応じるのを見越して珠代さんに皮肉を言った。違うか」

「なんのために私がそんなことをする必要があるんです」

「皆の結束を固めるためさ。家族を捨てて計画に参加したんだ、中には心が揺らいでいる者もいる。ことに日本人に対してはどうしたって複雑なわだかまりがある。俺だって例外じゃない。しかし艦長のおっしゃった通り、全員の団結がなければ成功はおぼつかない。だからおまえは、自分が泥を被ることによって艦長が自然に訓戒できる状況を作ったんだ。その方が皆の心に刻み込まれるのは確かだからな。違うか」

「なかなか面白いお話ですね」

「そうだな。役者としてはからっきしでも、台本書きとしてはなかなかだったよ」

「そのようにお考えになった根拠は」

「言っただろう。最初の台詞《せりふ》が入るタイミングだ。芝居にしてもなってなかった」

「それだけですか」

「もちろん、違う」

昌守《チャンス》は鶴林《ハクリム》の左手首に嵌められた腕時計を指差した。中古のセイコーだが、本物かどうかまでは知らない。

「おまえは自分の事情を語り出す前、その時計を右手で握りしめていた。話している間もずっとだ」

反射的に鶴林が自らの手首に視線を落とす。

「たぶん無意識のうちにやってたんだろう。彼女をダシに使うことの申しわけなさからか。それが婚約者からの贈り物だってことを知っている者は何人もいる。よく自分で話していたからな。俺や艦長だって何度も聞かされたぞ。ともかく、それで俺は気づいたってわけだ、こいつは計算ずくでやってやがるってな」

「なるほど。しかし、それをどうして私に」

「呉《オ》通信長、副艦長としておまえに一つ言っておく」

あえて重々しく口調を変えた。

「これ以上自分を傷つけるような真似はよせ。心が消耗しすぎていざというときに働けなければ本末転倒もいいところだ。我々が変に気を回さずとも、艦長はきっとうまくやってくれる。その証拠に、おまえの即興芝居にも乗ってくれたじゃないか」

鶴林《ハクリム》は心底感嘆したようだった。

「副艦長、私は本当に愚鈍です。あなたがあれほど艦長から信頼され、乗組員達から敬愛されている、その理由がようやく分かりました」

「お世辞はいい」

「そんなのじゃありませんよ」

「どうかな。役者の言うことは信用できん」

「つい今しがた役者は無理だとか言ってませんでしたか」

「忘れたな」

強引に話を打ち切り、通信室を出ようとしたとき、

「お待ち下さい」

振り返ると、鶴林は左手の腕時計を突き出して問うた。

「副艦長は、私が本当に彼女への想いを断ち切れたとお考えでしょうか」

「なぜ俺に訊《き》く」

「自分でもよく分からないからです。もしかして副艦長ならと」

鶴林の端整に過ぎる顔が、秘められた苦悶に歪んでいる。昌守《チャンス》も初めて見る表情だ。

芝居がかった台詞のはずが、どうしても芝居と思えない。たとえ演技でなかったとしても、

その圧倒的な存在感は確かに〈スター〉のそれであった。

「分かった。その答えは計画が成功してから教えてやる」

役者でも、ましてやスターでもない昌守には、そうごまかすのが精一杯だった。

第二章

新浦東420km——死闘の昼

1

第八管区海上保安本部の浜田海上保安部は、島根県浜田市長浜町にある浜田港湾合同庁舎内に設けられている。

「失礼します」

ノックしてから応接室に入った鈴本信彦《すずもとのぶひこ》二等海上保安監は、ソファに座って待っていた懐かしい元上官の姿に、我知らず破顔した。

「ご無沙汰しております、本部長」

制服姿でもない老人に対し、鈴本は折り目正しく背筋を伸ばして一礼する。身に染みついた第二の本能とも言うべきごく自然な動作であった。

十一月六日午前九時十三分。払暁前から雲が厚く垂れ込め、天候の悪化を如実に感じさせる朝だった。沖合ではすでに強い雨になっているという。冬場のこの地方ではそれも別段珍しいことではない。

「とっくに退役した老朽船に本部長はやめてくれんか」

五月女武夫《そうとめたけお》元一等海上保安監・甲は軽い口調で応じる。現在は一般財団法人海上災害防止センターの理事を務めている五月女は、退官前は第七管区海上保安本部長の要職にあった。のみならず、その以前はみずほ型巡視船の船長として新人時代の鈴本を鍛えてくれた恩人であった。

「失礼しました。では船長で」

「敵わんな。今や船長は君の方じゃないか」

ともに笑いながら、鈴本は五月女の向かいに腰を下ろす。老人に指摘された通り、船長の制服と階級章は、鈴本に心地よい余裕と緊張感とを与えていた。

「お元気そうで何よりです」

「いやあ、出港前に邪魔をしてすまん。今夜だったか」

「はい。初めての警備任務です」

「遅ればせながら船長就任おめでとう。どうしても直接お祝いを伝えたいと思ってな」

「ありがとうございます。こちらこそもっと早くご挨拶に伺うべきところ、訓練や出港準備でなかなか時間が取れず、申しわけありませんでした」

「いやいや、船長の忙しさは私もよく知っている。それより君がいわみの船長とは、私も歳を取るはずだ」

海保第八管区一番船いわみ。中国が尖閣諸島に侵入し始めたため、いわみ型の生産は打ち切りとなり、尖閣対処用としてくにがみ型が増産されるようになった。それでもいわみ型がバランスのいい優秀な巡視船であることに変わりはない。

「君が私の船に配属されてきたときは、やることなすこと危なっかしくて、先々どうなることかと思ったものだが」

鈴本は「いやあ」と苦笑を浮かべ、

「あの頃は海のことを分かったつもりでいて何一つ分かっていない、頭でっかちの小僧もいいところでしたから。私がいわみの船長を拝命できたのも、当時ご指導頂いた賜物です」

「謙遜する必要はない。君が人一倍の努力家だったからこそ、私もつい力が入った。知ってるぞ、当時はみんなして私のことを『茹《ゆ》でダコ船長』とか呼んどったのを」

「あ、ご承知でありましたか」

「当たり前だ」

二人は声を上げてひとしきり笑った。

そしてしばらく互いの近況をはじめとした世間話を交わした後、五月女は不意に真面目な顔になって感慨深そうに漏らした。

「しかし、君が七管ではなく八管の巡視船に乗ることになろうとはな」

元上司の突然の来訪は、それが大きな理由なのだろうと鈴本は思った。

四十五年前、まだ鈴本が小学生でしかなかった頃、五月女は第八管区でいず型巡視船みうらの主任航海士を務めていた。みうらはその年、40㎜単装機銃を装備したばかりであり、巡視船としては初めてOIC室（オペレーション室）が設けられていた。

あの広野《ひろの》珠代《たまよ》さんが拉致された夜、五月女の乗った巡視船みうらは波子《はし》港沖合で不審な船影をレーダーに捉え、現場に急行した。

呼びかけには一切応じず、不審船は領海外へと全速で離脱している。

漁船に見せかけてはいるが、みうら乗組員の誰もが外国の船であると直感した。

五月女は船舶検査を主張したが、船長は当時の慣例に従い対処した。すなわち、「見て見ぬふり」である。

不審船は退去しつつある、よけいな干渉は無用である――それが船長の判断であった。いかなる船舶においても、またいかなる国においても、海上にあって船長の判断は絶対である。五月女も一切反論せずに従った。

後になって分かったことだが、その夜、付近で確認された不審船はその一艘だけであった。民間の漁船が同じ船と遭遇していたことも判明した。

その事実が、五月女らを後々まで苦しめた。あのとき不審船を調べさえしていれば、広野珠代さんを救うことができたのではないかと。

外国船に干渉するのは海保の慣例から外れた行為である、たとえ船長であっても自分達に決定権はない、だから気にする必要などないのだ——そう声高に言い張る者も中にはいた。五月女にはそれが、自らの罪悪感をまぎらわせようとする虚勢にしか聞こえなかった。

国外へ不当に拉致されようとしている国民を救えずして、なんのための武装か、なんのためのＯＩＣか。自責の念と国家に対する疑問の数々はその後の五月女を支配した。

七管時代、鈴本はそうした話を折に触れ五月女から聞かされ、また密かに煩悶している様子をたびたび目撃したものである。

退官してもなお、あの事件はこの人を苦しめ続けているのか——

粛然とした思いとともに、鈴本は改めて己の職務に対する責任感を呼び覚まされたような気がした。

「北朝鮮の工作船が出没したのは八管だけではない。七管にも九管にも拉致被害者はいる。むしろ数としては他の管区の方が圧倒的に多い。実際に北朝鮮のものと思《おぼ》しき不審船とはその後も何度か遭遇している。だが私にとってあの夜の事件は特別なんだ。ちょうど広野珠代さんが、国民にとって特別な人であるように」

「珠代さんは本当にまだ生きているのでしょうか。北朝鮮の主張は信用できないことばかりですが、よく言われるように日本に帰すとまずいような事実を珠代さんが知っているのだとしたら、密殺するくらいはやりそうなものじゃないですか」

広野珠代の安否については、巷間さまざまな説が流布している。その一つが、北朝鮮の権力中枢に近づきすぎて最高機密を知ってしまったというものである。

またロイヤルファミリーに日本語を教えたのが他ならぬ彼女であるという説もある。金《キム》一家から温情をかけられているため、彼女だけはどうしても殺すわけにはいかないというのだ。

「さあなあ、私なんぞには見当もつかんよ」

五月女は実際に雲の上を覗こうとするかのように応接室の天井を仰ぎ見た。

「だが、ときどきこう思うことがある。仮に珠代さんが生きているとしてもだよ、世間は珠代さんを拉致被害者の象徴に祭り上げてしまった。そのことが、かえって珠代さんの帰国を阻んでいるんじゃないかとね」

「それはどういうことでありましょうか」

思いがけない返答に、鈴本は聞き返さずにはいられなかった。

「北朝鮮特有の外交手法というか、勘というやつだ。数多い拉致被害者の中で、珠代さんは言うなれば最強のカードと化した。日本国民がそうしてしまったんだ。となれば、北朝鮮がおいそれと帰すはずがない。殺すなんてのは以ての外だ。最強のカード、すなわち切り札とは最後の最後まで温存しておくからこそ価値がある。日本との間で外交上の土壇場に追い込まれたとき、北朝鮮は初めて隠し持ったカードを切るつもりなのだろう」

「今でも充分ぎりぎりのように思えますが」

「とんでもない。北朝鮮はしたたかな外交戦略だけで今日まで国体を維持してきたと言ってもいい。彼らにとって日本との外交など子供を相手にしているに等しい。まだまだ余裕なんじゃないかな」

元上司の鋭い考察に、鈴本は唸《うな》った。

だが本人は、世間話をする市井《しせい》の老人のような面持ちで微笑するのみである。

「言っておくが、今のはなんの根拠もない老いぼれの妄言だ。仮にそれが当たっておったとしても、おかげで珠代さんは殺されずにいたわけだから、結局はよかったのか悪かったのか、それこそ神ならぬ老骨の身には答えようもない」

答えようもないのは今度は鈴本の方だった。

「まあ、いずれにしても私は珠代さんの無事と、何より一刻も早い帰還を祈るばかりだ。愛嬢の無事を信じて活動しておられるご両親の姿を見るにつけ、そんな思いが募る一方なんだよ」

心なしか、老人の声が潤んで聞こえた。

「鈴本君」

だがすぐに五月女は持ち前の厳めしさを取り戻し、

「古来海の男は験《げん》を担ぎたがるものだが、君が八管でいわみの船長に任じられたのも何かの縁だと思う。私の過ちを繰り返さず、たとえどんなことがあろうとも海上保安官として立派に行動してほしい。出港初日の天候が荒れ模様なのは気になるが、君なら充分にやれるはずだ」

「はっ、ありがとうございます。お言葉を胸に、任務に励む所存であります」

鈴本はごく自然に立ち上がって敬礼していた。五月女も同じく立ち上がって敬礼を返す。

「頼んだぞ、鈴本船長」

恩師からの激励は、船長として初めての船出を前にした鈴本の心を大いに奮わせてあまりあった。

2

潜航を続ける11号の艦内で、少しでも手の空いた者は随時その場で戦闘糧食を摂取していた。なにしろ乗組員数が半減しているのだ。とても定時に規則正しく食べていられる状況ではないし、そもそも調理している時間も人手もない。潜水艦乗りにとって食事こそ至福の時間に他ならないのだが、最長で二日の行程だと思えば耐えられる。各員はアヒル肉やサンマの缶詰を開け、雑穀のパンや緑豆のチヂミをむさぼり食った。疲労困憊《こんぱい》のあまり朦朧《もうろう》となりながらも、立ち働きつつコンサタン（豆飴）を囓《かじ》っている者も少なくなかった。

中には出港以来一睡もしていない者もいる。いや、大半がそうであった。それでも自分達にはもう後がないという必死の思いは、各員に常軌を逸した異様なまでの気力を供給していた。

そうした事情は士官達もほぼ同様である。しかし規則的でこそないが、艦長、副艦長、及び政治指導員のみは会議室兼用の将校用食堂で食事を取った。また乗艦以来、水か雑穀のスープしか口にしていない広野珠代も、体調と気分によってごく少量の食事を取る際にはもっぱらそこを使っていた。

「艦長、よろしければ食堂へどうぞ」

昌守《チャンス》が艦長室に東月《ドンウォル》を呼びに来た。

「分かった。ありがとう」

そう応じて東月が腰を上げたときだった。昌守はたまたま通りかかった勇基《ヨンギ》に声をかけた。

「航海長、どこへ行くんだ。飯か」

「ええ、いいかげん腹が減りましてね。操舵を部下に任せて戦闘糧食を取りに行くところです」

それを耳にした東月《ドンウォル》はふと思いついて言った。

「そうか、では君も来たまえ。一緒に食べよう」

通路の途中に仕切りもなく設けられた将校用食堂に入ると、偶然吉夏《ギルハ》が席に着いたところだった。背後にいる勇基《ヨンギ》が水妖の唸りを発するのが感じられた。まずいタイミングであったが、二人の心理状態を測るよい機会だと考え直した。

東月は率先して吉夏の向かいに座る。勇基は躊躇《ちゅうちょ》していたようだったが、艦長への礼節からか、あるいは興味津々といった吉夏の視線に反発したのか、昌守《チャンス》とともにテーブルに着いた。

かくして出港以来初めて艦長、副艦長、政治指導員、それに航海長の四人が同時に食事を取ることになった。小さく細長いテーブルで二人ずつ向かい合わせに座る恰好《かっこう》だ。勇基は吉夏とは極力距離を取るように、対角線上の斜め向かいに陣取っている。

吉夏と席を共にせねばならなくなった勇基はこの上なく苦々しい顔を見せていたが、早急に食事を済ませる必要があるのは変わらない。

このときのメニューは湯で戻したフリーズドライの米と真空パックのキムチ、それに魚肉のマンドゥ（餃子）であった。生姜《しょうが》を煮たナツメ茶もある。さすがに兵のものよりは多少なりとも食事らしい体裁を保っているが、将校や士官用のメニューとは到底言えない。米は固く、キムチの食感は溶け崩れたゴムのようだった。マンドゥに至っては腐敗一歩手前といったところか。もっとも軍の食事は年々悲惨なものになる一方なので、東月に今さら不満のあろうはずもなかった。

実際に文句を言う者はおらず、四人とも黙々と箸を動かした。時間が惜しいせいもあるが、勇基の発する緊張と殺気を全員が察知していたからだ。東月はさりげなく勇基の様子に気を配ることを忘れなかった。

沈黙に耐えかねたのか、吉夏が無神経に発言する。

「日本ではこれよりマシなものが食べられるといいですな」

「我々がどういう待遇で迎えられるかによるだろうな」

東月は当たり障りのない言葉で応じた。

「まあ、それも無事日本に辿《たど》り着けたらの話ですがね」

吉夏の無神経さはとどまるところを知らない。

「辛《シン》上佐、乗組員は皆全力を尽くしている。それこそ一睡もせずにだ。不用意な発言は慎んでほしい」

穏やかにたしなめると、吉夏《ギルハ》は大仰に首をすくめ、

「ではせいぜいよい結果を期待することと致しましょう」

その態度と言い草に、昌守《チャンス》が箸を置いて顔を上げる。怒りの表情で彼が口を開きかけたとき、煉瓦《れんが》にヤスリをかけるような気味の悪い音がした。

勇基《ヨンギ》だった。例の低くしゃがれた声で何事か呟いたのだ。

だがその声は常にも増して低かった上に早口すぎて、東月《ドンウォル》にはよく聞き取れなかった。昌守も同様のようだった。

「航海長、何か言ったか」

昌守が尋ねたが、勇基は曖昧な笑みを浮かべたまま黙っている。

「どうした、航海長」

「『どうせあんたは日本に着く前にフカの餌だ』」

答えたのは勇基ではなく吉夏であった。

「なんだって?」

わけが分からず昌守が聞き返す。

「『どうせあんたは日本に着く前にフカの餌だ』。航海長は私に向かってそう言ったのだ」

「勝手なでまかせを言うな。冗談も時と場合による」

「私はただ耳にした通りに述べたまでだよ」

「嘘をつけ」

「嘘だと？　ここで嘘をついて私になんのメリットがある」

平然とうそぶく吉夏に、勇基が微かに目を見開いた。

その変化を見て取った東月は、怪訝《けげん》に思って吉夏に尋ねた。

「君は彼の言ったことが聞き取れたと言うのかね」

「ええ」

自信たっぷりに吉夏が答える。

わずかな差ではあっても、勇基の席から一番離れているのは吉夏である。

「そうなのか。本当にそう言ったのか」

昌守が質《ただ》すと、勇基は不機嫌そうに頷《うなず》いた。

「はい」

東月は吉夏に再度尋ねる。

「もしかして君は、読唇術、いや読心術でも習得していると言うんじゃなかろうね」

「いくら私でもそんな特殊技能はありませんよ」

「ではどうして分かったんだね。隣に座っていた私もはっきりとは聞き取れなかったが」

「風に乗って聞こえてきたんです」

本気とも冗談ともつかぬ口調で吉夏《ギルハ》が答える。

「ふざけるな」

今度は明瞭に聞き取れる声で勇基《ヨンギ》が威嚇する。

「ふざけてなどいない」

「だったらここにどんな風が吹いたと言うんだ」

吉夏は束の間考え込んで、

「そうだな……言うなれば、私と君の間に吹き渡る友情の風かな」

「殺してやるっ」

激昂して立ち上がった勇基に、東月《ドンウォル》は間髪を容《い》れず命じる。

「航海長、君は持ち場に戻りたまえ」

次いで吉夏に向かい、

「辛《シン》上佐、今度乗組員を挑発、もしくは愚弄するような言動があれば君を拘束せざるを得ない」

「挑発などしておりませんよ」

心外だと言わんばかりの吉夏の態度に、東月は一瞬詰まった。自分達には聞き取れなかった勇基の言葉を、吉夏が正しく再現したことは勇基本人が認めている。だとすると挑発したのは勇基の方ということになる。

「でもまあ、ご命令には従いましょう。よけいな問題を起こすことは私の本意ではありませんので」

「この野郎っ」

吉夏に飛びかかろうとした勇基を、昌守《チャンス》が寸前で抱き留める。

「放して下さい、副艦長っ」

「いいから頭を冷やしてこいっ」

「解散だ。ありがとう諸君、有意義で楽しい食事だった」

三人にそう告げて強引に締めくくった東月は、それ以上何も言わずに艦長室へと引き返した。

吉夏、もしくは勇基のどちらか一方——場合によっては双方——が今後深刻な事態を引き起こす可能性について憂慮しながら。

艦は充電のため水上航走を続けている。白仲模《ペクジュンモ》機関長は魚の臭みが染み込んだ固いパンを咀嚼《そしゃく》しながら、己の家であり神聖な職場である機関室を見回した。左右をディーゼルエンジンに挟まれた狭い通路。艦尾側の突き当たりにある隔壁には、発電機室に通じるハッチがある。

機関室は言わば11号の心臓部だが、老朽艦だけあって今にも止まりそうな恐ろしさを感じる。仲模《ジュンモ》は時折、自分が潜水艦の機関長ではなく、医者か救急救命士であるような錯覚に陥ることさえあるほどだ。機関室が心臓なら、発電機室はペースメーカーといったところだが、これまた不具合が多く信頼できないときているから始末が悪い。

干物よりも干涸《ひか》らびたパンの最後のひとかけらを強引に飲み下し、仲模は己の突き出た腹を撫でさすった。別に太っているわけではない。どちらかというと痩せ型なのだが、長年潜水艦勤務を続けるうちに、ただ下腹だけが異様に突き出た体型に変化したのだ。部下達の体格にはこんな変化は見られないので、どうやら自分だけがそういう体質であったらしい。おかげで痩せているにもかかわらず、通路を通り抜けるにも、狭い空間で作業をするにも、すぐに身動きが取れなくなるような、不便と言うよりぶざまな思いを強いられることとなった。もちろん緊急時にはそんなことを言っていられないから、真っ黒に汚れたシャツの下で、仲模の腹は赤いすり傷だらけになっている。

まあいいさ、どっちにしたってこれが最後の航海だ——

そう独りごち、仲模は盟友たる老いぼれの心臓をいたわるように指先で軽く触れた。そのときだけは老骨も精一杯に見栄を張ろうとしているのか、いつもは弱々しい鼓動が一際強く伝わってくる。

それでいい、明日には日本に着く、そうなれば俺もおまえも晴れて退役、お役御免だ——

仲模は桂東月《ケドンウォル》艦長よりも五つ年上の五十二歳。乗組員の中では最年長であった。付き合いが長いだけに桂艦長には不動の信頼を寄せているが、体力的には限界に近い。海底暮らしにも飽き飽きだ。

日本に着いたらもう二度と船には乗らない。仲模が11号と交わした誓いである。もちろん一方的なものであるし、潜水艦が喋るわけもないのだが、仲模にとっては些細な問題でしかなかった。

もっと重大な問題が一つ——仲模は日本が嫌いであった。

日本はアメリカの下僕であり、中国の舎弟であり、南鮮の同類だ。

だが、祖国はもっと嫌いであった。

かつて仲模にも家族はいた。妻と息子だ。一九九〇年代の大飢饉《だいききん》『苦難の行軍』の際に二人とも餓死した。仲模は暴動警戒のため咸鏡北道南部《ハムギョンブクト》に位置する港湾都市清津《チョンジン》に派遣されており、妻子の死を半年近くも知らずにいた。軍人の家族には食料が支給されているものと思い込んでいたが、そうではなかったのだ。金正日《キムジョンイル》は国家予算を国民のために使わず核開発に注《つ》ぎ込み、多くの物資が闇へと消え、そして軍の高官だけが肥え太った。

死んだとき、妻は二十七歳、息子はまだ三歳だった。

妻は歯並びが悪く、お世辞にも器量がよいとは言えなかったが、滅法うまい水冷麺《ムルレンミョン》を作ったものだ。任務を終えて帰宅するたび、古びて傾いた家の中がきれいに片付いていることに感嘆した。廃屋同然だった家が美しく変化していくさまをまのあたりにすると、まるでしなびたキュウリが瑞々しく甦《よみがえ》っていくのを眺めているような気分になった。裁縫も得意で、古着や古布を裁断し息子の産着を全部自作した。自分には過ぎた女房だった。息子が生まれたときの幸せは、自分の人生でも最高だったと断言できる。

人民軍の兵には『苦難の行軍』を経験した者が多い。「軍に入れば安泰だ」と呑気《のんき》に信じて入営してくる新兵達の顔を見ると、決して口に出してはならない怒りがただじんわりと腹の底へ溜まっていくのを感じた。腹が不恰好に突き出たのは、その怒りのせいであったかもしれない。

仲模《ジュンモ》は旧式のディーゼルエンジンに語りかける。

爺さん、あんたもどうせ最後の船旅だ、もうひとふんばり気張ってくれよ——日本でどんな暮らしが待っているか知らないが、地獄みてえな共和国よりマシだろうさ——

艦長は自分に日本への亡命計画を打ち明けてくれた。ならば喜んで供をしよう。家族を失ったが、仲間はいる。自分を信頼してくれている男達だ。

桂《ケ》艦長と洪《ホン》副艦長は言うに及ばず、弓《クン》航海長、呉《オ》通信長、閔《ミン》魚雷長、いずれも最高の腕を持っている。

ソナー員の尹圭史《ユンキュサ》も忘れてはならない。若いがとびきり有能な男だ。この世になんの興味もないという顔をしながら、実は日本の音楽が大の好物であることを仲模は知っていた。だが向こうから打ち明けられたわけではない。

あれは三湖《サモ》海軍基地に停泊中のことだった。久々の上陸許可が出て、潜水艦の乗組員達は我先に外出していった。最後に艦を出た仲模は、軍港内にある倉庫の片隅で、尹圭史が古いカセットテープを聴いているのを見つけた。強引にイヤフォンを取って聴き、これはなんだと面白半分に問い質すと、圭史は気まずそうに日本の音楽だと教えてくれた。「敵を知ることこそ兵法の要諦ですから」とかなんとか言いわけをしていたが、それが密告を警戒してのものであることは明らかだった。曲名どころか、どんな旋律であったかも覚えていない。ただテープを聴いていたときの圭史の顔が、酩酊とも憧憬ともつかぬ輝きを放っていたことだけが鮮烈な印象となって残っている。

息子が生きていれば、ちょうど圭史くらいの歳であったろう。そんなことを考えたりもする。もっとも、カムジャ（ジャガイモ）と呼ばれる自分とそっくりだった息子は、のっぺりした圭史《キュサ》とはまるで似ても似つかぬ顔になっただろうが。

今回の計画に最も驚喜し心から賛同したのは圭史の奴に違いない――仲模《ジュンモ》は密かにそう確信していた。

奴は身寄りがない上にまだ独り者だったしな――日本にいい娘がいればいいんだが――

唐突に思いついた。所帯を持てば圭史の無愛想さも少しは変わるかもしれない。

そうだ、それがいい――

圭史とはその後特に親しくなったというわけでもないのに、そんなことを考えるだけでなんだかやたらと楽しかった。どうしてそういう気持ちになるのか自分でもよく分からなかったが、とにかく楽しくおかしかった。

あいつは俺がこんな心配をしてやってるなんて、夢にも思っちゃいねえだろうなあ――あの仏頂面がそれを知ったら、どんな顔をしやがるかなあ――

一人勝手にそうしたよしなし事を夢想していると、出し抜けにエンジン音が変化した。仲模の耳はごくわずかな変調も見逃さない。

急いでハッチに駆け寄り、発電機室に顔を突き出す。

「おいっ、制御盤はちゃんと見てるか」

「はっ、申しわけありませんっ」

しゃがみ込んで缶詰を貪っていた部下が慌てて立ち上がり、パネルを点検して微調整する。

「いいか、年寄りはもっと親身になって面倒見てやらんとな」

「はっ、親身になって面倒を見ますっ」

「よおし」

仰々しく頷いて首を引っ込める。間もなくエンジン音が元の規則正しいものへと戻った。

大丈夫か、すまなかったな――

仲模は改めてエンジンのシリンダーカバーをそっと撫でる。そしてまた語りかけるのだ。

頼むぜ、爺さん――あんたならやれる、やれるはずだ――必ず日本まで行ける――万一息切れしたとしても、せめて俺より先に逝かないでくれよ――

3

潜水艦11号は日朝の中間線に到達後、朝鮮東海《チョソントンヘ》（日本海）を水上航走で南下した。水深の浅い大和堆《やまとたい》を避けたのは、水温の低い海域で追手のソナー探知が混乱するのを期待してのことである。

まっすぐ東進して日本に向かうのではなく、一旦南に向かい、南鮮のＡＤＩＺ（防空識別圏）にあえて踏み込む。それにより、追手の航空脅威をかわそうという狙いもあった。

南鮮及び米国は無線傍受により事態をすでに把握していると考えるべきだろう。うまくいけば、南鮮海軍が追手の潜水艦に対しアクティブ・ソノブイや音響爆雷等で牽制を行なうことも期待できると東月《ドンウォル》は踏んでいた。もしそうなった場合、バッテリーの状態さえよければ一、二回程度のシュノーケリングで航行できるかもしれない。

日本のＡＤＩＺと南鮮のＡＤＩＺの線上は、両国ともに対応が難しい海域である。いずれにせよ、複雑な軍事バランスを利用するからには当然ながらリスクもある。その際どいラインを進むのだ。一歩踏み間違えたらどんな厄介な事態に陥らないとも限らないが、今のところその兆候は見られなかった。

「そろそろいいだろう。潜望鏡深度まで潜航せよ。シュノーケル準備」

頃合いを見て、東月は潜航に移るべく指示を下した。

各員が一斉に動き出す中で、弓航《クン》海長が心持ち緊迫した顔で振り返った。

「シュノーケルに異状あり。海水侵入防止弁に不具合」

「潜航中止。浮上する」

すぐさま指示を変更し、勇基《ヨンギ》に歩み寄る。

「どうなっている」

「目標『ダ』との戦闘で受けた損傷と思われます。こいつをなんとかしないことには、潜航なんてできません」

「修理できるか」

「外から見てみないとなんとも言えませんね」

洪《ホン》副艦長も思案顔で、

「艦長、この際です、破損箇所をまとめてチェックしてみては」

「そうだな。とりあえず甲板に上がってみよう。副艦長、航海長、それに魚雷長、君達も来てくれ」

「はっ」

「ソナー員、レーダー員は警戒を怠るな。よし、行くぞ」

昇降ハッチに向かおうとした途端、艦全体が異音とともに大きく揺れ、停止した。

「右舷プロペラ、停止しましたっ」

にわかにざわめいた発令所に柳《リュ》操舵員の報告が響いた。

「こんなところで……」

聞こえよがしに舌打ちしたのは吉夏《ギルハ》だろうか。

副艦長がインターコムに走り寄って問いかける。

「機関室、どうした」

〈はっきりとは言えませんが、何かがプロペラに絡まったようです。自分の経験からすると、多分漁網じゃないかと思います〉

白仲模《ペクジュンモ》機関長のもっさりとした声が返ってきた。潜水艦のプロペラに放棄された漁網が絡みつく事例は珍しくない。

「とにかくエンジンを停めろ」

〈もう停めましたよ。自分は足も短いが気も短いタチでしてね〉

自信過剰気味の無駄口は機関長の癖である。振り返った副艦長に、東月《ドンウォル》は厳しい顔で告げる。

「この分では、やるべきことがまだまだ増えそうだな」

真昼でありながら薄暗い光の中、昇降ハッチから真っ先にセイルへと出た勇基《ヨンギ》は、早速マストに上りシュノーケルの点検にかかった。

「これなら蓋を外してから叩いて整形すればなんとかなるでしょう。甲板まで降ろすのが面倒ですが、やってみます」

「そうか。急いで頼む」

「はっ」

二名の部下と修理に取りかかった勇基を残し、東月は次に甲板まで下りる。

雨は降っていないが、風は依然として強く、海は二日酔いの虎よりも機嫌が悪かった。幅およそ1・7メートルしかない甲板は揺れに揺れていて、移動するにも細心の注意を必要とした。

「よし、行け」

東月の合図でダイバーが縄梯子《なわばしご》を下り、海に入る。

その間にも、昌守《チャンス》は他の部下達を指揮して各部の点検にかかっている。

マスト部ではUHFアンテナが破損しているが、使用予定のVHFロッドアンテナは無事だったため放置することにした。

後甲板の係船具にも破損が見つかったが、緊急性がないためこれも放置。

前甲板の係船装備にも破損箇所あり。重要度は低く放置。

同じく前甲板。HFワイヤーアンテナ破損。切断されたワイヤーをつなげる簡単な修理で済むが、UHFアンテナと同じ理由で放置。

魚雷搬入ハッチにも破損。だが現状で修理する必要はない。

他にも多くの損壊部分が見つかった。そのうちのいくつかは時を置かず修理にかかったが、残りはすべて放置せざるを得なかった。

最も重要なのはやはり動力系である。

海中から戻ってきたダイバーが報告する。

「機関長の言っていた通り、漁網でした。右舷プロペラにがっちり絡みついてます。時間はかかりそうですが、ナイフで切断できると思います」

東月《ドンウォル》は傍らの昌守《チャンス》を振り返り、

「ダイバーの潜水装備はあと二人分だったな」

「いえ、三人分です」

忠実な副艦長が即答する。

「装備の調達については一任されておりましたので、任務、いえ、目的の性質上、必要になる可能性が高いと考え一人分多く搬入しました」

「賢明な判断だ。ではダイバー全員を漁網の切断に当たらせよ」

「はっ」

「揺れは相当酷いが、他の部分の修理は大丈夫か」

昌守は平然と答える。

「私の生家は路地裏に立っておりましたが、家の前を荷車が通るだけでこれよりもっと揺れましたよ」

「よし、ここは君に任せる」

甲板の検分を終えた東月は作業の監督を昌守に任せ、自身は発令所へと引き返した。浮上中の潜水艦ほど無防備なものはない。敵にとっては単なる標的でしかないのだから。

「あっ、艦長、ちょっとこれを聞いてみて下さい」

発令所に入ろうとしたとき、隔壁のすぐ側にある通信室の中から呉《オ》鶴林《ハクリム》通信長に呼び止められた。

「どうした」

「周波数を検索してたんですけどね、そしたらこれが」

無線機のスキャンダイヤルを指で回していた鶴林が、ヘッドセットを外して機器のボタンを操作すると、発令所内に低く押し殺したような女性の声が流れ出した。

〈……214ページ97番、305ページ88番、442ページ31番、526ページ49番……続けて『海上研究員らのための健康維持に関する復習課題』をお知らせする。57ページ47番、

61ページ9番……〉

意味不明の朝鮮語を延々と呟き続ける。聞きようによっては読経とも呪詛とも取れる独特の異様なリズム。その通信が一体なんであるのか、軍人にとっては明らかだった。

「課題電文か」

東月《ドンウォル》はそれを口にした。乱数放送『課題電文』。国外で活動する工作員に指令を伝える共和国の暗号通信である。だがこれを解読するには特定の乱数表が必要となる。

通信室での異変を察知したのか、発令所の方から人が集まってきた。

「せっかく傍受したってのに、乱数表がないんじゃお手上げですね」

悔しそうに鶴林《ハクリム》が漏らしたとき、通信室を覗き込んでいたレーダー員の努《ノ》永三《ヨンサム》上士がおずおずと言った。

「あの、それ、もしかして特殊任務船に対する指令じゃないでしょうか」

その途端、永三の背後で小さな悲鳴が聞こえた。珠代であった。蒼白になって小刻みに震えている。

特殊任務船とは日本で言う工作船のことである。珠代は他ならぬその工作船によって共和国へと運ばれたのだ。彼女の脳裏に当時の恐怖が甦ったとしてもおかしくはない。

だが今は彼女を慰撫している余裕はなかった。

「努上士、そう考える根拠は何か」

「この海域では、特殊任務船が日本の企業やヤクザ組織と荷の積み替えをやっていることが多いと聞いています」

経済制裁を受けているため表立って輸出入のできない共和国は、洋上で非合法貿易による物資の受け渡しを行なっている。いわゆる〈瀬取り〉である。

特殊任務船が搭載する武器はあくまで自衛用であり攻撃用ではないが、地対空ミサイルSA－16、14・5㎜対空機関銃ZPU－2、82㎜無反動砲B－10など、浮上中の潜水艦を無能化するには充分な火力を備えている。

「共和国が密輸に手を染めているのは周知の事実だ。しかし特殊任務船の所属は労働党作戦部じゃないか。作戦海域の割り出しは我々にもある程度可能だが、おまえは一体誰からその情報を聞いたんだ」

鶴林の問いかけに対し、永三はなぜか黙り込んでしまった。

「通信長、その件については——」

東月は慌ててその話題を打ち切ろうとしたが、もう遅かった。

「君の父君は確か特殊任務船の船長だったな」

嫌みな口調で吉夏《ギルハ》が言う。

「数多くの日本人拉致に成功したとして党から表彰までされている。ちょっとした英雄扱いだったと聞いているぞ」

顔を上げた永三《ヨンサム》が珠代を見る。双方の視線が好ましからざる形で交差した。

「やめたまえ、辛《シン》上佐《ノ》」

「私はただ、努上士が教えてくれた情報の根拠を明らかにしようとしただけなのですよ、艦長」

「もういい」

もう遅いのだ――

広野珠代を拉致した特殊任務船に永三の父親が乗っていたかどうかまでは東月《ドンウォル》も知らない。しかし不信の種は確実に艦内に蒔《ま》かれてしまった。珠代はもはや永三を信じることはできないだろう。

「自分は、いえ、自分の父は、決して……決して……」

決してなんだと言おうとしたのか。永三はその先を続けられなかった。

再び俯《うつむ》いた永三を、珠代はそれまで見せることのなかった目で見つめている。その双眸《そうぼう》に浮かんでいるのは、まぎれもなく〈恐怖〉と〈怨嗟〉である。

東月は急ぎ発令所へと移動する。少しでも雰囲気を緩和しようと思ったのだ。鶴林《ハクリム》以外の面々も後に従うが、乗組員同士のささくれた空気も付いてきた。

疑心の荒波に呑まれようとしていたその場の空気は、発令所に上がってきていた白《ペク》機関長の言葉で一変した。

「艦長、もしかすると今の課題電文は特殊任務船に我々の捜索命令、いや、攻撃命令を伝えるものだったんじゃありませんかね」

「上佐同志、私が裏付けたばかりの話を聞いていなかったのか。特殊任務船は労働党作戦部の——」

「いや、機関長の言う通りだ」

東月は即座に吉夏《ギルハ》の発言を遮って、

「共和国は軍を超えた総動員体制を敷いて我々を追っているとしたらどうだ。この海域に特殊任務船が多いのなら、それを使わないと考える方が難しい」

「艦長のお言葉が当たっているかもしれませんよ」

淡々とした口調で割って入ったのは尹圭史《ユンキュサ》ソナー員だ。

「新たな目標探知、50ノット超で接近中」

立ち尽くしていた永三が弾かれたように対水上レーダーへ駆け寄った。

「本当だっ、高速搭載艇と思われる目標が接近中です」

特殊任務船は後部に高速搭載艇を搭載している。母船である特殊任務船が偵察のため搭載艇を発進させたに違いない。

「新たな目標を『ラ』と呼称する」

そう言ってから東月《ドンウォル》はインターコムで命じる。

「目標接近中、総員ただちに修理を中断して艦内へ戻れ」


警戒員の一人がインターコムに応答している間にも、高倍率双眼鏡を覗いていた別の警戒員が叫んだ。

「060度方向、目標の接近を確認。目標は漁船の形状」

なんだって――

昌守《チャンス》をはじめ、甲板上にいた全員がその方向を振り返る。そびえ立つ波丘の向こうに一瞬見えた小さな黒点が、無数の波頭に隠され消えたかと思いきや、さらに大きな点となって現われた。

「総員急ぎ艦内に戻れっ」

厚い胸板を震わせ叫ぶ昌守に対し、セイルの上から勇基《ヨンギ》が怒鳴り返す。

「シュノーケルの修理がまだ終わっていませんっ」

「構わんっ、そのままにして一旦艦内に戻れっ」

「しかしあと少しで取り付けが完了しそうなんですっ」

「いいから戻れっ。命令だっ」

艦尾の方から閔在旭《ミンジェウク》魚雷長が大声を上げた。

「副艦長っ」

長い髭こそ生やしていないが、鍾馗《しょうき》とも見まごう在旭の地声はその体軀にふさわしいものだった。が、それでも激しい風音に遮られ聞き取るのがやっとであった。

「どうしたっ」

「ダイバーが潜ったままですっ」

「すぐに浮上の合図を送れっ」

「はっ、ダイバー四名に浮上の合図を送ります」

在旭がハンマーを振り上げ、艦体を三回叩く。少しの間を空け、もう一度三回叩く。

合図を受けてダイバー達が浮き上がってきた。

「敵が接近中だ。すぐに上がれっ」

最小限の人員を残してダイバー達が縄梯子を上がるのを手助けする。のたうつ海蛇のように揺れる縄梯子を潜水装備でよじ上るのは並大抵のことではない。

ようやく一人目、そして二人目――

「急げっ、早くしろっ」

全身の血の気はすでに引いていたと思ったが、それでもまだ残っていたらしい。心臓のあたりが急速に凍えるような感覚だった。経験を積んだはずの昌守も、ここまでの恐怖を味わったことはかつてない。

「副艦長、急いで下さいっ」

三人目が縄梯子を上り始めたとき、セイルの方から警戒員が声を限りに呼びかけてきた。

「分かっているっ。もう少しだっ」

怒鳴りながら振り向くと、峻険な波を蹴立てるように接近してくる船艇が見えた。

一見すると普通のイカ釣り船だが、鋭く尖った船首部分からして明らかに擬装だ。今は昇降式レーダーを隠そうともしていない。特殊任務船の高速搭載艇に間違いなかった。そして、向こうも3キロ以上先から双眼鏡でこちらの状況――修理の真っ最中であるということ――を確認しているはずだ。

なのにここまで接近してきたということは――

「急げ、急げっ」

昌守は必死になって三人目のダイバーを急《せ》かす。

高速搭載艇前部の水上スクーター格納ウェルに、ＲＰＧ－７を肩に載せた男が見えた。操舵室部分にはＡＫ－74を構えた男もいる。射手は二人か。

通常は母船の到着を待つべき状況だが、おそらく彼らは臨機応変の攻撃許可を得ているに違いない。それはなりふり構わぬ追手の執念を証《しょう》してもいる。

「伏せろっ」

昌守が叫ぶと同時に、搭載艇前部で閃光が走り、薄い噴煙が立ち上った。ＲＰＧが発射されたのだ。

しかしいかに近距離であろうと、この荒れた海面を高速で接近する小型艇からの砲撃や銃撃が命中する確率はかなり低い。

ＲＰＧの弾頭は昌守達の頭上を通過した。いわゆる遠弾となって反対側の海面に着弾、爆発して水柱が上がった。海面での爆発なのでそう高い水柱ではないが、あれが自分達を狙っていたのかと思うと総毛立つほどに恐ろしい。

高速搭載艇がまたもＲＰＧを発射する。

今度は手前で着弾、爆発した。近弾だ。距離は20メートルほどか。荒波を渡ってきた爆風が全身をなぶり、微細な破片が船体を叩く。

直撃を受けたらただで済むはずがない。

だが昌守《チャンス》は高速艇とRPGのことを頭の中から追い払い、ダイバーの引き上げに専念した。

三人目に続き、四人目のダイバーが甲板に到達した。

「副艦長、申しわけありません、プロペラはまだ――」

「そんな話は後だっ」

マスクを取って報告するダイバーを一喝し、

「艦内に退避っ。足許《あしもと》に気をつけろ。海に落ちても放っていくからそう思えっ」

残った面々で走り出す。先頭は在旭《ジェウク》。ダイバーは脱いだフィンを両手に持って走っている。

昌守は最後尾だ。


発令所へ飛び込んできた勇基《ヨンギ》が息を弾ませながら叫んだ。

「艦長っ」

それでなくても気味の悪いしゃがれ声が一層の鬼気を孕《はら》んで聞こえた。

ここで動揺してはならない。東月《ドンウォル》は肚《はら》を据えて対応する。

「状況は分かっている。シュノーケルの修理状況はどうか」

「蓋の取り付けがまだ完全には終わっていません」

「潜航は無理か」

「それより、副艦長達がまだ甲板に」

「それも分かっている。どのみちプロペラの漁網を除去しなければ航行もできない」

「落ち着いている場合じゃないだろう、艦長」

潜水艦に慣れていない吉夏《ギルハ》が真っ先に狼狽を露わにしている。

「つまり、我々は立ち往生したままということか」

「そうなるな」

「どうする気だ。こうしている間にも、新手が接近しつつあるのだぞ」

勇基が割って入るようにして吉夏を威嚇する。

「あんたはもう黙ってろ」

吉夏が何か言い返そうとしたとき、珠代が激しく咳き込み始めた。これまでの咳とは明らかに違っている。

「怖いよ……怖いよ……」

切れ切れに漏れ聞こえる日本語の断片から、東月は珠代が特殊任務船の記憶に苛《さいな》まれていることを察した。

さらに接近してきた高速搭載艇の乗組員が、甲板上の昌守達に向けＡＫ－74をフルオートで乱射してきた。

空気を噛むような衝撃波音がしたかと思うと、乾いた連続発射音が海上から遅れて到達した。

そう簡単に当たるものではないと頭では分かっていても、圧倒的な恐怖は昌守《チャンス》の足をすくませるに充分だった。

それでも蛮勇を振り絞って、揺れる甲板を走り抜ける。

11号の右舷を通り過ぎた高速搭載艇は、後方で旋回し、再び接近、銃撃を仕掛けてきた。

乗組員の一人が鮮血を噴いて甲板から転落する。

修理箇所がプロペラであることを知らない敵は、あくまでこちらの足止めを続ける気なのだ。

彼らも射撃の妨げとなる荒波に焦っているのか、さっきよりもだいぶ距離を詰めてきている。ロメオ級のような船型の潜水艦は浮上中でも魚雷を発射できるが、こちらが一向に動く気配を見せないので、方向転換できないと見抜いたのだろう。

たとえ移動できたとしても、洋上の潜水艦と小回りの利く高速搭載艇では勝負にならない。艦をぶつけることさえできれば小型艇などひとたまりもないはずだが、敵はこちらを鈍重な海のナマケモノか何かだと侮っているのだ。

周辺に着弾。ＡＫの５・45×39㎜弾程度では船体に影響はないが、自分達に当たれば当然ながら死ぬ。

在旭《ジェウク》が携帯していた68式拳銃を抜いて走りながら応戦し始めた。他の者も在旭にならうが、拳銃弾程度では敵を追い払うどころか威嚇にもなりはしない。

さらに一人、乗組員が被弾して転落した。

アサルトライフルの銃弾は音速を超えるため、銃声より速く弾が飛んでくる。

飛来する〈音の雨〉を潜《くぐ》り、昌守は最後のダイバーとともにセイルを目指して甲板を走った。

「航海長、潜航用意だ」

沈思の後、東月《ドンウォル》はあえて力強く発した。

「えっ」

勇基《ヨンギ》が目を見開いて聞き返す。

「今潜航はできないと——」

「聞こえなかったのか、航海長。潜航用意だ」

「了解。潜航用意」

一瞬の逡巡を見せはしたが、勇基《ヨンギ》はすぐに意識を切り替えたようだった。

柳秀勝《リュススン》上士が復唱する。

「潜航用意」

そこへ永三《ヨンサム》が早口で報告する。

「新たな目標探知。距離15、速力30。目標『マ』とする」

「母船の特殊任務船かもしれない。尹《ユン》上士、最初の目標の位置は」

「目標『ラ』は距離1・3で本艦中心に左回頭で周回中」

これほどの窮地にもかかわらず、圭史《キュサ》の冷笑的とさえ見える無表情に変化はない。

「ハッチに人員を配置。副艦長と残りの乗組員を収容次第報告させろ」

「はっ」

乗組員の一人が駆け出していく。

「目標『ラ』の動きは同じか」

「変化ありません」

返答する尹の口調にも変化はない。

「甲板の乗組員を収容次第、深度100まで潜航。然る後、迅速に浮上する」

それは11号が潜航可能なぎりぎりの深度であった。

「なるほど、了解であります」

勇基が薄く笑うように言った。水妖の声であるだけに静謐《せいひつ》の迫力が滲《にじ》み出る。

今や珠代と吉夏《ギルハ》を除く全員が〈作戦〉を理解していた。

その吉夏も、こちらが何事か企図しているのを感得して口をつぐんでいる。珠代はあり合わせの紙に包んでいた薬を取り出し、残る四錠のうち一錠を服用した。

頭上で甲板を駆ける足音が微かに聞こえる。

早くしろ——早く——

インターコムから、ハッチに配置した乗組員の声が流れ出た。

〈全員艦内に退避完了、ハッチ閉鎖っ〉

東月《ドンウォル》は叫ぶ。

「潜航開始」

「潜航開始」

復唱しつつ勇基が注水バルブを回した。

入水する前のセイウチのように、艦全体が大きくわななくのが分かった。その鳴動が急速に収まっていく。

「深度70……深度90……深度95……深度１００に到達」

「今だ、急速浮上」

「急速浮上」

秀勝《ススン》が機敏に反応する。

一旦海面下に沈んだ11号の巨体が再び浮上にかかる。その応力により、艦は真上に舳先《へさき》を向けて勢いよく飛び出すはずだ。

寄せ来る大波により、必然的に高速搭載艇は呆気なく転覆する。

東月《ドンウォル》は潜望鏡を覗き込んだ。海面の様子は狙い通りのものであった。

「目標『ラ』の転覆を確認」

そして各員に告げる。

「修理再開。急げよ、すぐに母船が来るぞ」

昌守《チャンス》、勇基《ヨンギ》、それにダイバー達が再び甲板へと飛び出していく。

「レーダー員は目標『マ』の位置を随時報告せよ」

「はっ」

顔中に噴き出た汗を拭い、永三《ヨンサム》がレーダーを凝視する。

「目標『マ』は方位080、距離10、速力30。なおも接近中」

薬が効いていないのか、珠代は両手で口を押さえ、懸命に咳をこらえていた。

在旭《ジェウク》はすでに艦首魚雷室で待機している。

「目標『マ』は方位０８０、距離４・０、速力30、なおも接近中」

新たな敵は信じ難いほどの速度で接近しつつある。

〈接近中の目標『マ』を確認、形状は漁船。甲板に無反動砲のような装備を確認〉

インターコムから警戒員の報告が入る。高倍率双眼鏡による観測だ。この海象条件下でそこまで識別できるとは、訓練によらない天性の才能であるとしか言いようがない。

敵はやはり特殊任務船であった。母船の規模は小型の搭載艇とは比べものにならない。またロシア等の諸外国から購入した高性能のディーゼルエンジンを搭載しており、恐るべき速力を発揮する。潜航できない潜水艦にとっては最新型のイージス艦にも匹敵する脅威であると言っても過言ではない。

睡眠を取っていないため集中力が今にも途切れそうだった。それでも東月は悠然とした態度を装って発令所に立つ。乗組員に対し、自分はどこまでも揺るがぬ姿を見せねばならない。

それが艦長の務めなのだ。

「目標『マ』は方位０８０、距離３・５、速力30、なおも接近中」

永三の声に全員が焦燥の色を深めていく。

まだか――まだなのか――

「目標『マ』は方位080、距離3・2、速力30。間もなく無反動砲の射程に入ります」

そこへインターコムから警戒員の声が飛び込んできた。

〈シュノーケル修理完了、しかしプロペラはまだのようです〉

限界だ。やむを得ない。

「全員艦内へ戻れ。ダイバーもだ。急げ」

〈了解。全員艦内へ戻ります〉

吉夏《ギルハ》が非難と疑問の入り混じる視線を向けてくる。

シュノーケルの修理は終わったが、右舷プロペラはまだ終わっていない。つまり潜水はできても、全速による潜航はできないままということだ。

〈甲板上の人員、収容完了〉

インターコムから報告が届く。

「深度50まで急速潜航」

艦体が大きく揺れ始めた。潜水によるものだけではない。特殊任務船の放った82㎜無反動砲弾が海面で爆発しているのだ。

珠代の咳が大きくなった。

「機関室、聞こえるか」

インターコムでの通信に白《ペク》機関長が直接応答した。

〈こちら機関室〉

「ディーゼル燃料1トンを海中に放出」

〈了解、ディーゼル燃料1トン放出します〉

海面に広がる油で敵にこちらが損傷、あるいは沈没したと見せかけるためのトリックである。ありふれた手だが、時間稼ぎにはなる。

次に東月《ドンウォル》は昌守《チャンス》に向き直り、

「今のうちにダイバーを出し、プロペラを修理させる。ダイバー達の状態はどうか」

自身も疲労の色を濃く滲ませながら、昌守は平然とした体《てい》で応じた。

「相当疲れているようですが、なあに、泳ぐのが根っから好きな連中です。一生分泳いでこいと言っておきます」

「よし、すぐに艦尾魚雷室に向かえ」

「了解しました」

昌守が去るのを待たず、インターコムのボタンを押す。

「艦尾魚雷室」

魚雷員が応答した。

〈こちら艦尾魚雷室〉

「7番発射管からダイバーを出す。彼らの送迎を頼む」

〈了解。ダイバーを丁重に送り迎え致します〉

短い命令で魚雷員はすべてを理解した。あらゆる状況を想定した訓練の成果である。

すでに魚雷を発射して空いている7番発射管は、プロペラのすぐ近くに位置している。ダイバーを海中へ出すには最適であった。直接海へと出入りするから、迅速に遂行できるというメリットもある。

「尹《ユン》上士、目標『マ』の現在位置は」

「方位０２０、距離5、停船中」

こちらからは死角になる真横に船位した。魚雷攻撃を警戒しているのだ。停船し5海里《へり》以上離れているということは、こちらの状況を分析し対応を練っているか、あるいは単に上の判断を待っているのだろう。その両方である可能性も大であった。

いずれにしても、少々心細いが時間稼ぎはできていると考えていい。

ここでなんとしても特殊任務船を撃破しておかねば、針路を読まれ先回りされるリスクが増大する。

残弾数は艦首魚雷三発、艦首機雷十発、艦尾魚雷一発。

東月《ドンウォル》は続けてインターコムに向かう。

「艦首魚雷室」

〈こちら艦首魚雷室〉

魚雷長の在旭《ジェウク》が応答した。

「作業中のダイバー回収を待って目標『マ』に対する機雷戦を開始する。1番、2番、5番、6番発射管、音響機雷投射準備。全弾係留索270メートル、次弾6発連続投射準備」

〈了解。音響機雷投射準備にかかります〉

そして一同に対し発令する。

「総員、機雷戦準備。次直は艦首発射管で支援せよ」

珠代と吉夏《ギルハ》以外の全員が持ち場へと動く。

潜水艦の機雷散布は、相手の針路を予測して障壁を形成するように撒く。信管に磁気方式あるいは音響方式を選択しても、自らの音や磁気に反応して爆発するため、信管作動時間をセットする必要があるのだ。

間に合うか、どうか——

ダイバーが戻る前に敵が攻撃を再開したらおしまいだ。

〈1番、2番、5番、6番発射管、準備完了〉

艦首魚雷室からの報告が入る。しかしダイバーはまだ戻らない。

発令所内部は外の海中をしのぐ静寂に押し包まれた。時折珠代が苦しそうな息を漏らすのみである。

〈こちら艦尾魚雷室、全ダイバーの収容完了しました。漁網の除去完了とのことです〉

よし――

東月《ドンウォル》はすかさず応答する。

「1番発射管、機雷投射」

続けて勇基《ヨンギ》に向かい、

「面舵10度」

「面舵10度」

勇基が復唱すると同時に、艦首魚雷室から報告が入った。

〈1番発射管にラックの機雷を装塡〉

「2番発射管、機雷投射。舵そのまま」

「舵そのまま」

勇基の復唱に従い、操舵桿《そうだかん》を握りしめた秀勝《ススン》が己の腕を固定する。

艦首魚雷室では魚雷長の在旭《ジェウク》が間断なく指示を発する中、投射と装填とを繰り返す。次弾の射出までに空の発射管に装填する。この順番を間違えると、艦が投射位置に来ても準備ができていなかったりする。そうなれば艦長の目論む戦術は水泡に帰す。

自分は艦の部品なのだ——自分は艦と一体なのだ——

在旭は精密な機械になったつもりで動き、叫び続ける。

「5番発射管、機雷投射」

「5番投射」

迸《ほとばし》る男達の汗が狭苦しい艦内で異臭を放つ。油と潮の入り混じる艦内の空気は、もとより芳香にはほど遠い。そこに必死の汗が加わった独特の臭気は、生きんとあがき続ける者達の、営為の証《あか》しに他ならない。

そうして自艦の周囲にアルファベットのCの形に機雷を撒いていくのだ。

在旭はこの場所が好きだった。この場所以外は嫌いだった。

ここには過去の亡霊も入り込めない。新たな死を大量に生み出すための、神聖にして忌むべき場所だからだ。教会も寺も無力だった。祈りも思想も意味を持たない。死には死で以て抗するしかないのだ。

だからこの場所が好きだった。

「6番発射管、機雷投射」

在旭は一際大声を上げる。さすがに声が嗄《か》れてきた。

このままじゃ俺まで水妖の声になりそうだ――

「6番投射。全弾投射完了。作動十五分前」

部下が叫んだ。その声ははるか遠い山の頂から、もしくは彼岸の彼方から発せられたもののように感じられた。


連続して艦首から重い物を船外に出すと、艦首が軽くなりトリムのためのバラストタンクの注排水が間に合わない。そのため次直や非番の乗員が艦首に移動して重石《おもし》になったりする。艦内で右往左往するように乗員達が狭い通路を走り回った。

特に今は、面舵を切りながら機雷を打ち出しているので操艦はかなり難しい。弓航《クン》海長の指示のもと、秀勝《ススン》は懸命に操舵桿を操作している。

急激に軽くなる艦首を押さえるために、前部バラストタンクに注水、後ろの潜舵は下げ舵。注水が完了して「潜舵中央」となると、重石の要員が慌てて後ろに移動する。

出港以来最も難しい操艦である。勇基《ヨンギ》の、そして秀勝の表情が極度の緊張に硬く激しく強《こわ》張《ば》って見える。

「目標『マ』、距離3・5で停船中」

圭史《キュサ》の冷たい発声が発令所を走り抜ける。

「機関室、ディーゼル燃料をさらに1トン放出」

〈機関室了解、燃料1トン放出します。ずいぶんと景気のいいこって〉

ここで放出する燃料は特殊任務船を誘導するための餌であり、駄目押しの罠だ。

食いついてくれよ——

「浮上」

「浮上します」

秀勝がバルブを回す。

「目標、方位020、距離3・5」

圭史の報告にもその口調にも変化はない。

間もなく艦が海面に出たことが体感で分かった。敵はすでにこちらを捕捉しているはずだ。

「海面に出ました」

勇基の声とともに艦が振動に揺れる。特殊任務船が砲撃を再開したのだ。

「ソナー員、目標『マ』の動きは」

声に自ずと熱が籠もり、対して圭史が氷で応じる。

「目標、増速開始、接近中」

掛かった――

昌守《チャンス》が力強く発声する。

「作動五分前」

「急速潜航」

再び沈降する感覚。だが潜水艦乗りの精神はそれと反比例するかの如くに高揚する。

「深度40……深度50……」

永三《ヨンサム》の声とともに艦は深く沈んでいく。それにつれて、攻撃の衝撃は次第に弱まり、やがて完全に消えた。

「深度70……深度80……」

Cの形に展開する機雷陣形の右部分、すなわちあえて残した隙間から、11号は深く密やかに逃れ去る。

「……深度100に到達」

「機雷作動開始」

特殊任務船は機雷の陣に突っ込みつつある。

全員が固唾《かたず》を呑んで時が過ぎるのを待つ。息苦しいまでの不安と閉塞感。その凄まじい緊張には、誰もが喚《わめ》きながら内壁を引き裂き、外へと飛び出したい衝動に駆られる。だがそれに耐えられぬ者は最初から潜水艦乗りにはならない。あらかじめ逃げ場の封じられた戦場だけが、罪におののく者の渇きを癒やすのだ。その奇怪な精神構造を精神病理学的に説明する理論があったように記憶するが、東月《ドンウォル》はもう覚えていないし、そんなものに興味を示す部下もいない。

作動時刻となった。一際大きな衝撃が艦を襲う。

「特殊任務船、撃沈」

ヘッドフォンを片手で押さえた尹《ユン》が、いつもの通り天気予報のように報告する。しかも嵐を告げる緊迫ではなく、まるでにわか雨がやんだとでも告げる口調だ。

「針路120、速力最大」

部下達の気が緩まぬよう、東月はすぐさま次の指示を与える。

特殊任務船とその高速搭載艇との攻防により、針路はさらにずれてしまった。追手を攪乱《かくらん》するためにも一旦方向を変え、それから日韓ＡＤＩＺラインに戻ることにする。

東月は珠代の方へと歩み寄った。咳はすでに治まっている。

「大丈夫ですか」

「ええ」

「ご安心下さい、特殊任務船は撃沈しました」

「はい、ご苦労様です」

まるで他人事《ひとごと》のような返答だった。それがどうしたと言わんばかりの。

東月《ドンウォル》はまたも己の迂闊さを罵った。

この人が心に受けた傷はどうしようもなく深く昏《くら》い。たとえそれが古傷で、今は痕跡程度であったとしても、他人が触っていいものではなかったのだ。

不意に視線を感じて振り返る。

永三《ヨンサム》が慌ててレーダーに向き直るのが見えた。その小柄な背中もまた、癒やされぬ傷の痛みで濡れているように思われた。

第三章

隠岐島西北60km——絶望の朝

1

ＮＡＴＯのコードネームに従えばロメオ級に分類される潜水艦９号の発令所で、艦長の羅《ラ》済剛《ジェガン》大佐は第７軍団司令部より暗号電文を受け取った。

［潜水艦11号反乱せり。万難を排し同艦を撃沈せよ。これは演習に非ず。最上級の絶対命令である］

その後に11号と追撃部隊との戦闘経過を記載したデータと、推定される現在位置が続いていた。

発令者は金錫宣《キムソクソン》総参謀部長。昨日開始された大演習の演習指揮官である。

東月《ドンウォル》め、とうとうやったか——

事態の全容をほぼ正確に推測した済剛は、胸に迫るさまざまな想いを海底で嚙み締めた。

自分達がこの任務に成功しようとしまいと、金総参謀部長は失脚を免れない。それどころか、はなはだしく不名誉な境遇の中でみじめな死を迎えねばならないだろう。それでも総参謀部長は最後の望みをかけて自分達に下命するしかない。11号の撃沈により幾許《いくばく》なりとも首領様の温情が下されることを期待しているのだ。

金錫宣《キムソクソン》とその一族の命運など知ったことではない。問題は、自分達の因果である。

演習開始の以前に特命を受けた済剛《ジェガン》は、馬養島《マヤン》の潜水艦基地から潜水艦9号に乗艦、これを指揮して極秘裏に日本のEEZ（排他的経済水域）に向かった。作戦目的は日本近海における密輸業の総合的且つ継続的な支援である。

そんなものが〈作戦〉と言えるのか——心の中で唾を吐きつつ、済剛は黙々と下命に従い出港した。

そして今また、理不尽な命令を賜った。

よりによってこの俺に——

そんな嘆息に意味はない。どういう意図かは知らないが、東月《ドンウォル》が目指しているのは間違いなく日本だ。その日本近海にたまたま自分の艦が潜航していた。それだけのことである。

自分が作戦中でなかったとしても、別の艦長が同じ任務を命じられていたはずだ。そもそもこの時期、この海域に共和国の潜水艦が配置されていたのは、司令部にとって僥倖《ぎょうこう》以外の何物でもない。自分と東月が無二の親友であることは司令部の誰もが把握しているはずだが、そんな人間関係など考慮するにも値しない些事でしかないのだろう。

その通りだ。

自分には選択肢はない。命令通りに全力で11号を撃沈する。それはもはや命令ではない。運命だ。自分と東月とがあらかじめ呑み込まれていた、逃れ得ぬ潮流だ。あがこうとしても、いや、あがけばあがくほど、深海の底へと引きずり込まれる。

桂《ケ》東月の弟が死んだ本当の理由を、済剛は党幹部から聞かされ知っていた。知っていて黙っていた。共和国の軍人として当然の処し方だ。

東月の反乱の理由はおそらくそのあたりだろう。彼は人一倍弟思いだった。だが、たとえそんな悲運がなかったとしても、いずれ東月は暴発していたに違いない。壊れゆくこの国では、それがごく真っ当な使命感と責任感とを併せ持った軍人の正しき末路だ。

東月と互いに競い合った若き日々を思い出す。あの頃の笑み。あの頃の汗。あの頃の涙。思い出が常に美化される厄介な性質を孕《はら》んでいたとしても、当時の潮風は魂に心地よかった。幼少時から船に親しみ、常に最優秀だと讃えられてきた自分に、ただ一人熱情を以て肉薄したのが桂東月という男だった。懸命に自らを磨き、努力を怠らぬ一方で、極めて人間的なミスを犯す。訓練に熱中するあまり他の練習艇の事故に気づかず、危うく死にかけたことさえある。当時は笑い事どころではなかったが、今となってはそれすらも微笑《ほほえ》ましい思い出だ。

そうだ、自分は心のどこかで、東月の凡庸さを愛していた——

済剛は己が壊れていることを自覚している。壊れた国に衷心より奉仕する人間が、国と軌を一にして壊れてしまう。必然と言えばこれほどまでの必然もそうはあるまい。

壊れた人格のままに、壊れ続ける国家に忠誠を尽くす。壊れているからこそ、この国でよい生活を保障される。だから家庭は円満だ。妻は美しく年相応に肥え、子供達は党から優遇されている。配給物資も高価で上等な品を優先して回してもらえる。妻も子供達も現状に満足し、家長たる自分を愛し尊敬してくれている。それはちょうど、東月《ドンウォル》の結婚生活が不幸に終わったのと対照的だった。引け目など微塵も感じない。心はそこまで壊れている。

だが済剛《ジェガン》は、東月におまえも壊れろとは忠告しなかった。理由はいろいろある。まず第一に、東月の生き方が正しいと分かっていたから。そして認めたくはないが、第二にして最大の理由は、彼のその愚直さを密かな羨望の対象としていつまでも眺めていたかったから。

その結果がこれだ——

この手で東月を日本の海に葬り去らねばならぬとは。それも全力を以てせねば、深淵に沈むのは東月の艦ではなく己の艦となる。

長い軍歴の中で、東月は自己を抑制し客観視するすべを身につけた。追撃部隊との戦いぶりを見ても、潜水艦乗りとしてこれ以上手強い敵はない。

十一月六日午後三時四十五分。済剛は副艦長の墨洙一《ムクスイル》上佐に告げた。

「針路変更２７０。本艦はこれより卑劣にして畜生にも劣る反逆者どもの討伐に向かう」

同月七日午前五時九分。潜水艦11号は北緯36度23分23秒、東経132度32分49秒、すなわち日韓ADIZラインを越え、日本側EEZの内側約70キロの位置に到達した。隠岐島西北60キロのあたりである。

艦も乗組員もすでにして満身創痍といったありさまだが、なんとかここまで辿《たど》り着けた。特殊部隊、爆撃機、魚雷艇、対潜ヘリ、コルベット艦、特殊任務船――祖国からの追手は執拗であり、いずれの戦いも紙一重の勝利であった。その僥倖を、今は海の神に感謝するばかりである。

いよいよか――

発令所で副艦長と顔を見合わせ、頷《うなず》いた東月は、かねての計画通りに命令する。

「浮上。警戒員配置、共和国国旗を掲揚」

国旗を掲揚するのは、無害通航権を示し、領海侵犯と捉えられる可能性を排除するためである。

さらに、控えていた当直士官に向かって命じた。

「艦長室で休んでいる広野《ひろの》珠代《たまよ》さんを通信室にお連れしろ」

「はっ」

そして自らも通信室へ向かう。昌守《チャンス》らも後に従った。

東月《ドンウォル》が通信室に入るとほぼ同時に珠代がやってきた。艦の浮上を感知し、身支度を済ませて呼ばれるのを待っていたのだ。トランクに隠れて艦に乗り込んだときから顔色はよくなかったが、今は亡者とさほど変わらぬやつれ具合であった。もっとも、自分を含めた乗組員全員が同じ相貌を晒《さら》しているのだが。

「ここは、日本に近いのですね」

東月が口を開く前に、珠代は昂《たかぶ》る感情を強いて抑えるように言った。四十五年ぶりの故郷の海だ。彼女でなくても胸が詰まって当然だろう。

「これから放送を開始します。まず私が英語で簡単に話しますから、続けて日本語でお話し下さい。その順序で繰り返し放送します。内容は大丈夫ですか。もし不安なようでしたら、あらかじめ紙に書いておいた方が――」

昌守《チャンス》がすかさず胸ポケットから手帳とペンを引き抜いて差し出そうとする。

「いえ、ご心配なく。何度も練習しました、頭の中で」

そのとき珠代の浮かべた笑みはごく柔和なものであったのだが、東月は一際痛ましい思いに襲われた。彼女が「頭の中で」助けを求める叫びを上げたのは、乗艦後であるはずがない。四十五年間、日ごと夜ごとに同じ行為を繰り返していたことが容易に想像できたからだ。

「でもその前に、お水を一杯頂けますか」

昌守の目配せで当直士官がプラスチックのコップに注《つ》いだ水を差し出す。

「ありがとう」

弱々しい笑みを見せ、珠代は錠剤をコップの水とともに飲み下した。放送中に咳き込まないための用心だろう。これで残りは二錠となった。ここまで保《も》ったこともついでに神に感謝しておこう。いや、真に敬服すべきは彼女の克己心か。

「浮上完了」

緊張の度合を強める艦内に、水妖の声が低く流れる。

「警戒員、ノベンバー旗、チャーリー旗掲揚」

東月はインターコムに向かって命じた。N旗とC旗を組み合わせた掲揚は「本船は遭難している、救助を求む」の国際信号を意味している。

「VHFアンテナ、対水上レーダー作動。レーダー員、ソナー員は警戒を怠るな。通信長はVHF通信準備」

「了解、周波数を156・8メガヘルツに合わせます」

呉鶴林《オハクリム》通信長が通信機を操作する。国際VHFの周波数156・8メガヘルツはチャンネル16（ワン・シックス）と呼ばれ、船舶の最初の呼び出しに用いられる決まりとなっている。

電波の届く範囲なら、国際的に漁船を含むすべての船舶が受信可能なのだ。

調整を終えた鶴林《ハクリム》が東月《ドンウォル》にマイクを差し出してくる。

「どうぞ。いつでも話せます」

それから鶴林は珠代に向かい微笑みかけた。彼女の緊張を少しでも和らげようとしているのだ。

「安心して下さい。私は全力であなたの言葉を届けます。日本国内でもはっきり聞こえるはずですよ」

「ありがとう、お優しいのね」

「いえ、一昨日の非礼のお詫びです」

汗臭いながら、鶴林は爽やかに、そしてどこまでも誠実に答える。そこには少しの嫌みもない。「南鮮に生まれていたら映画スターになれただろう」と兵達が噂するはずである。浮ついた俳優と違って鶴林のそれは演技ではない。まさに好漢と呼ぶにふさわしい。

だが東月は、鶴林の微笑の中に一片の翳《かげ》りを見た。明るくふるまってはいるが、祖国に残してきた恋人への想いはそうたやすく振り捨てられるものではあるまい。内面の苦悩を表に出さず、果てなく続く緊張状態に耐えている仲間によけいな負担をかけまいとする。その思いやりこそが呉《オ》鶴林という男の真骨頂なのだ。

それが分かるだけに、鶴林の優しさが東月にはひとしお哀しくつらかった。

艦内の全乗組員がスピーカーを見つめ、固唾《かたず》を呑んで艦内放送を待っていることだろう。受け取ったマイクをしっかりと握り直し、東月は息を整えてから発声した。

「PAN-PAN《パンパン》, PAN-PAN, PAN-PAN」

それは救援を求める緊急信号である。まずそれを言明しないと、無線を聞いた船舶が自分達には関係ないものとして聞き流してしまうからだ。

東月は英語で一気に続ける。

「こちらは朝鮮民主主義人民共和国軍海軍所属の潜水艦11号。私は艦長の桂《ケ》東月大佐である。本艦の位置は北緯36度23分23秒、東経１３２度32分49秒。本艦は日本国への亡命を希望する。乗組員は私を含め総員二十七名。それ以外に、本艦には日本人が乗艦している。四十五年前に共和国工作員によって日本から拉致された広野珠代さんである。彼女を安全に帰国させるためにも、日本国に速やかな保護を要請する。広野珠代さんが乗艦していることを証明するため、これより本人に話して頂く。よく聞いてほしい」

東月からマイクを渡された珠代は、左手を胸にやり、祈るように語り出した。

「私は、広野珠代です。四十五年前、島根県波子《はし》の海辺で頭から袋を被せられ、無理やり共和国へ連れて行かれました。遠い、遠い昔です。私は八月七日生まれで、今は五十八歳です。

父の名は陽治《ようじ》、母の名は富士子《ふじこ》。父はマリオカ商事の社員で趣味は釣り。母の趣味は刺繍でした。小学校の入学祝いに、お気に入りだったワンピースに赤いチューリップの刺繍を入れてくれたのを覚えています。生まれた家の住所は島根県江津《ごうつ》市波子町、電話番号は××の××××。家の近くには精央寺というお寺があって、本堂の横に大きな柿の木が立っていました」

日本語であった。それは打ち合わせ通りなのだが、状況とは不似合いな、どこか清涼な謡《うたい》を思わせる響きが艦内に広がった。

「江津市立波本小学校を卒業し、江津市立江津南中学校に入学しました。一年二組でした。仲のよい矢部直子ちゃん、加藤佳美ちゃんと同じクラスでした。直子ちゃんとは、一緒にバレー部に入部しました。共和国にさらわれた日も、直子ちゃんの家で一緒に宿題をやった帰りでした。別のクラスになった友達もいて、畑山真理ちゃん、只野幸江ちゃんです……家が近くて小さい頃から一緒に遊んでいた山本美樹ちゃんは、小学校卒業と同時に岡山に引っ越すことになりました。美樹ちゃんはいつも元気で明るい女の子だったから……とても……とても寂しくて、みんなで泣いたことを覚えています……美樹ちゃんとのお別れに、みんなでお小遣いを出し合って、美樹ちゃんの好きだった沢田研二のＬＰレコードをプレゼント……しました」

薬が効いているのか、咳は出ない。しかし珠代の言葉が詰まり始めた。話しているうちに、失われた故郷での少女時代、その輝きを鮮明に思い出したのだ。

いや、そうではないだろう——

珠代の述懐、それらは国家機密とはほど遠い。どれを取ってもたわいない思い出でしかない。しかし珠代にはそれしかなかった。拉致されてからの長い年月、そうした思い出の一つ一つを心の中で繰り返し繰り返し、大切に反芻《はんすう》してきたに違いない。そうやって想像を絶する日々の苦痛に耐えてきたに違いない。

だからこそ、取るに足らない出来事の細部まではっきりと覚えているのだ。

だからこそ、その思い出が聞く者の胸を打つのだ。

「一年二組の担任は太田善一先生で、数学の先生でした……右目の下にほくろがあって、クラスのみんなは『善ちゃん先生』って呼んでました……太田先生、それにクラスのみんなは今も……今も元気でいることでしょうか。私はあまり元気とは言えません……共和国での生活はとてもつらいものでした。家族や友達のことを考えるたび、胸が押し潰されるような苦しさがありました。でも、両親が生きていて、今も私のために力を尽くしてくれていると知り、最後の望みを桂《ケ》大佐と潜水艦11号に託す決心をしました。日本の皆さん、どうか私を、広野珠代を助けて下さい。早く父や母に会わせて下さい。どうか、どうか、お願いします」

涙をこらえ、なんとか最後まで言い切った珠代は、ハンカチで目頭を押さえながらマイクを東月《ドンウォル》へと返す。

それを無言で受け取り、東月はマイクに向かって語る。

「お聞きになられただろうか。今の話に含まれていた情報で、珠代さん本人であることは充分に担保され得るものと確信する。人道的見地からも可及的速やかに我々を受け入れることを望む」

珠代の言葉を聞いたせいか、最初より語気が荒くなるのを抑えることができなかった。

「PAN-PAN, PAN-PAN, PAN-PAN! 繰り返す。こちらは朝鮮民主主義人民共和国軍海軍所属の潜水艦11号。私は艦長の桂《ケ》東月大佐である。本艦の位置は北緯36度23分23秒、東経132度32分49秒。本艦は日本国への亡命を希望する——」

巡視船いわみの船橋で、船長の鈴木信彦は主だった乗組員達とともに国際ＶＨＦの通信を聞いた。

〈四十五年前、島根県波子の海辺で頭から袋を被せられ、無理やり共和国へ連れて行かれました。遠い、遠い昔です。私は八月七日生まれで、今は五十八歳です。父の名は陽治、母の名は富士子……〉

まさか、こんなことが——

鈴本のみならず、全員が声を失っている。衝撃と呼ぶことさえ生温い。

広野珠代さんが帰ってきた——

「当該船は北緯36度23分、東経１３２度32分と言っています。最短距離に位置しているのは本船です」

井上克馬《いのうえかつま》航海長が我に返ったように告げる。

「本部に報告、現場に急行する旨を伝えろ」

傍らに控えていた業務管理官の西村寛二《にしむらひろし》等海上保安監が不安そうな面持ちで言った。

「待って下さい、船長。この通信内容が事実なら、海自も、いえ、韓国海軍もとっくに把握しているはずです」

業務管理官とは大型巡視船における業務監督責任者で、船長の補佐役を務める事実上の副船長である。

「あなたの言う通りだ、管理官。Ｐ－３Ｃ哨戒機をはじめ海自の航空機が昨日から何機も当該海域へ向かっていたのは本船でも確認している」

「はい。ですが、それならばもっと早い段階で我々に指示なり連絡なりがあるはずじゃないですか」

「そこだよ」

鈴本は口中に滲《にじ》み出す苦さをこらえながら発した。

「事態の重大さに、上層部の誰もが未だ方針を決められずにいるとは考えられないか。そのことがかえって通信の真実性を高めているのではないか」

「それは……」

何か言おうとした西村が言葉を呑み込む。

潜水艦11号——桂《ケ》大佐と名乗る人物による呼称が正しければ——は、おそらく日韓ADIZラインに沿って南下してきたものと推測される。だとすれば、両国とも互いに牽制し合って迂闊に手出しできないのも道理であった。二〇一八年に発生した韓国海軍レーダー照射事件の例もある。あの事件は今も両国に根深いトラウマを残している。西村もそのことに思い至ったのだ。

鈴本自身は、これがなんらかの謀略である可能性を認識しつつも、あの女性の声の主が広野珠代さん本人だと直感している。話の内容が珠代さん本人でないと知り得ぬものであるということだけでなく、そうした理屈を超えた因縁を意識せざるを得ない。

二人の会話を遮るように、航海士の一人が声を上げた。

「船長」

「どうした」

振り返った鈴本に、航海士が受話器を差し出す。

「通信室より船長に至急の連絡が入っています」

受話器を受け取って耳に当てる。

「船長だ」

〈八管本部より緊急連絡です〉

梅原泰二《うめはらたいじ》通信長のうわずった声が聞こえてきた。

〈読み上げます。『巡視船いわみ、八管本部、現場海域に急行し状況を報告せよ。なお、当該船からの通信に対し応答しないよう命ずる』〉

「なんだと」

我が耳を疑うとはこのことだった。

「『現場海域に急行し状況を報告、当該船からの通信には応答するな』、それに間違いないな」

〈はい、間違いありません〉

船橋にいる乗組員達が互いに顔を見合わせる。

「要するに、手出しはせずに黙って見てろってことですね」

西村がごく簡潔に命令の根幹を要約してくれた。言わずもがな、というやつである。四十五年前の昔と違い、北朝鮮は核ミサイルを保有している。官僚から複雑極まりない状況のレクを受けた政治家が思考停止に陥ってもおかしくはない。

「我々は記録映画の撮影隊ですか。この雨の中、いい画《え》が撮れるといいんですけど」

呑気《のんき》な口調で毒を吐いたのは井上航海長だ。

「命令に従い、本船は現場に急行し状況把握に努める」

鈴本はその場にいる全員に向かって声を張り上げた。

「我々は日本の海と、そして何より日本国民を守る海上保安官である。各員はそのことを忘れず、警備救難業務に当たってほしい」

どうにでも取れる文言だ。その場しのぎであることは自覚している。自分は一体どうすればいいのか、鈴本自身にも分からなかった。

今はとにかくこの目で確かめるしかない——

船橋から不穏に荒れる海を見据え、鈴本は胃の腑が鉛となって海底に沈んでいくかのような重圧を感じていた。

船長を拝命した初航海で、広野珠代さんの名前を、いや、本人の声を聞くことになろうとは。

その日、岡崎誠市はいつもより早い四時過ぎに目が覚めた。健康のためにもう少し眠らなければと思えば思うほど、眠気は夜の彼方に飛び去って、いっかな戻ってきそうにない。やむなく起き出し、台所の照明を点《つ》けて湯を沸かす。濃いめに淹《い》れた熱い茶を飲んでから、習慣となっている散歩に出た。普段よりだいぶ早いので、波子の町はまだまだ夜の底に沈んでいた。

昨日よりも風が強い。しかも湿気を孕みつつ真冬のように冷たい風だ。海は相当荒れていることだろう。

誠市は家を出るときに巻いてきたカシミヤのストールを顎の上まで引き上げた。数年前に何かの景品でもらったものだ。明るいベージュが自分には似合わないと思い、ずっと押入れにしまってあったのだが、昨夜妻が引っ張り出してきた。もう歳なのだから朝の散歩に使えというご託宣だった。実際に着用してみると、暖かさが心地よい。もっと早く使っていればよかったといささかながら後悔した。

昨日と同じコースを辿り、波子の漁港へと向かう。久代《くしろ》の町に行こうかとも思ったが、なんとなく漁港の方に足が向いた。

「誠市っつぁん、誠市っつぁん」

不意に激しく呼びかける声が聞こえてきた。山本甚太郎の声だ。

薄闇に透かし見ると、漁船の上にこちらを差し招いている老人の姿があった。はっきりとは分からないが、ただならぬ様子であることだけは分かった。

「おはよう、甚さん。一体どうしたって言うんだい」

大声で問いかけると、相手はそれを上回る大声で怒鳴った。

「とにかく早《はよ》うこっち来いっ。早う、早うっ」

どうやらただごとではないらしいが――

怪訝《けげん》に思いつつも、誠市は甚太郎の漁船へと駆け寄った。

「甚さん、何があった」

息を切らせながら問うと、甚太郎はもどかしそうに船の無線機を指差した。

「ええから黙って聞けっ」

いかなる船舶でも出港時及び航行中はチャンネル16に周波数を合わせることが義務づけられている。誠市は突堤から勝甚丸《しょうじんまる》に乗り移り、無線機から流れる音声に耳を澄ました。

〈両親が生きていて、今も私のために力を尽くしてくれていると知り、最後の望みを桂大佐《ケ》と潜水艦11号に託す決心をしました。日本の皆さん、どうか私を、広野珠代を助けて下さい。早く父や母に会わせて下さい――〉

愕然として老漁師を振り返る。

「甚さん、まさかこれは」

「まさかも何もありゃあせん。珠代さんじゃ。広野珠代さんが北朝鮮の潜水艦で帰ってきたんじゃっ」

涙声で叫んだ老人は、

「わしはすぐに迎えに行く」

「迎えに行くって、もう海保か自衛隊が到着しとるんじゃないかね。少なくとも連絡はしとるはずだよ」

「それじゃったらパンパンがまだ続いとって終わる気配もないちゅうんはどがあいうこっちゃ。あいつら、いつもみとうに見て見ぬふりをするつもりに決まっとろうが」

それを警戒して誰でも受信可能な国際ＶＨＦで通信してきたのか——

この国の意思決定システムは腐っている。長い警察官生活で、自分はそのことを骨身に染みて実感したのではなかったか。

「分かったらもう降りてくれ。すぐに行かにゃあ、珠代さんがどうなるか知れたもんじゃねえ。昔みとうな失敗はこりごりじゃ。二度と繰り返してたまるもんかっ」

憤然と喚《わめ》きながらこちらの体を船から押し出そうとする甚太郎に、誠市は内なる熱い昂りと相反する冷静な態度で告げた。

「私も行く」

「はあ？」

意表を衝《つ》かれたような面持ちの老人に、誠市はもう一度はっきりと言った。

「私も行く。早く船を出してくれ」

「本気か、あんた」

「早く出してくれ。手遅れになったらどうするんだ」

もう何も言わず、老人はエンジンを始動させた。

勝甚丸が猛烈な勢いで発進する。波子の港はたちまち後方の闇に消え去った。

暗い海から吹きつける風を受けながら、誠市は筋肉の落ちた手足に力が戻ってくるのを感じていた。

2

四十五年前に振るうことのできなかった力である。

「PAN-PAN, PAN-PAN, PAN-PAN!　繰り返す。こちらは朝鮮民主主義人民共和国軍海軍所属の潜水艦11号。私は艦長の桂東月《ケドンウォル》大佐である。本艦の位置は北緯36度23分23秒、東経132度32分49秒。本艦は日本国への亡命を希望する」

もう何度目になるだろうか。東月は飽かず繰り返す。応答はない。

動揺してはならない。日本政府が決断するまでに時間を要することは分かっていた。だからこそこの通信を広く一般人にまで届け、珠代さんが同乗していることを伝えるのだ――

当直士官が珠代に二杯目の水を差し出すのが横目に見えた。

片手で喉を押さえた珠代が、会釈をしてそれを受け取る。

それでなくても喘息という持病のある彼女には、長い時間話し続けるのは相当な苦痛であろう。しかもその内容が、彼女の精神にも大きな打撃を与えていることは想像に難くない。

焦りつつも、東月は通信を続ける。

「乗組員は私を含め総員二十七名。それ以外に、本艦には日本人が乗艦している。四十五年前に共和国工作員によって日本から拉致された広野珠代さんである。彼女を安全に帰国させるためにも、日本国に速やかな保護を――」

その途中、永三《ヨンサム》が詰めているレーダー室から駆けてきた伝令が通信を遮った。

「方位０３０、距離８海里《ヘリ》に接近中の船影を探知し、『バ』としました」

「意外と早かったな」

吉夏《ギルハ》がほっとしたように漏らす。昌守《チャンス》も息を吐きつつ、インターコムに向かった。

「警戒員、方位030に見える船舶について報告せよ」

返ってきた答えは呼吸する一同の気道を再び圧迫するのに充分なものだった。

〈いいえ、何も見えません〉

「もう一度よく見ろ、船影はないかっ」

愕然とした昌守がインターコムに聞き返す。

〈何も見えませんっ〉

昌守が東月《ドンウォル》を振り返る。

「もしかしたらクラッター（乱反射）だったのでは」

「いや、努上士《ノ》は優秀なレーダー員だ。希望的観測はすべきではない」

レーダー室から走ってきた二人目の伝令が叫ぶ。

「目標、レーダーから消えましたっ」

東月は反射的に命じる。

「すぐに警戒員を降ろせ。深度20へ潜航」

もう間違いない。レーダーが捉えたのは船舶ではなかった。潜水艦の潜望鏡だったのだ。

問題はその国籍だ。

南鮮軍か、日本軍か、あるいは米軍か。

いずれにしても、いつの間に背後を取られたのか。まるで魔術を見せられたような手際であった。

〈艦首1番、2番、3番シュクヴァル発射準備完了〉

魚雷室からの報告に、羅済剛《ラジェガン》は淡々と応じる。

「1番、2番、3番シュクヴァル発射」

VA－111シュクヴァル。旧ソ連で開発された兵器である。水中をロケットモーターで推進し、200ノットという驚異的な速度を可能とする。ために魚雷よりは水中ミサイルに近いとさえ称される。

唯一の欠点は、無誘導であるため水上航走中の艦艇にしか使うことができないということだが、今の場合は問題ない。向こうが狙ってくれと言っているようなものだった。

潜水艦9号から放たれたシュクヴァルは、無防備な11号に確実な死を運んでいく。

潜水艦同士の戦いは常に一瞬だ。祈りや呪いを唱える間もなく、多数の命が同時に消える。

ゆえに潜水艦戦こそが真に現代の戦いであると済剛は信じている。

自分達は中世の騎士ではない。時に正面から堂々と撃ち合い、時に背後から不意を衝く。

そこに矛盾という概念はない。ましてや卑怯という非難など。

海軍に入り潜水艦乗りを志した以上、東月《ドンウォル》も覚悟はできているはずだ。

恨みはない。お互いに。


「左舵30度、アクティブ・ソナー用意、艦尾8番発射管、魚雷戦用意」

こちらはすでに被探知されている。アクティブ・ソナーの使用をためらう理由はない。目標位置を測定するため低周波の探針音（ピン）を放つのだ。また用心のため魚雷戦も命じる。

勇基《ヨンギ》が叫んだ。

「間もなく150度」

「舵戻せ。ピン発射」

「ピン発射」

圭史《キュサ》の指が動いてから数秒あって、

「反応四つ。方位030から031」

まさか——魚雷を撃ってきたのか——

「近接から距離1・5、1・6、1・7、2・7、角度は5・5度から……」

さながらソナーに付属する外部機器のようであった圭史が口ごもる。東月の知る限り、初めてのことだった。

「再度ピン発射。右舵一杯、８番発射管用意」

「間もなく２１０」

勇基の報告を待って東月は発した。

「魚雷発射」

〈魚雷発射〉

艦尾魚雷員の復唱がインターコムから飛び出してくる。敵の三発に対し、こちらが撃てたのは一発だ。

「近接目標3、1・0を切りました」冷静を以て知られる圭史の唇が、微かに蒼く震えていた。「早すぎる。魚雷じゃない、これは——」

「シュクヴァルだ」

考えている余裕はない。

「右舵そのまま、下げ舵一杯」

秀勝《スス》が必死で壁面のブローバルブを回し、勇基自ら操舵桿《そうだかん》を握っている。

右舵一杯のまま下げ舵にすると、11号はスパイラル状に潜っていく。シュクヴァルを頭上でやり過ごそうという手だ。

操舵桿を操作する勇基《ヨンギ》は、東月の指揮を正確に実行する。どこまでも繊細に、どこまでも大胆に。彼がピアニストであったなら、国際的な檜《ひのき》舞台でも立派に演奏してみせることだろう。

乗組員達は誰もが疲弊しきっているはずなのに、人智を超えた働きを見せている。それは最も美しく、最も凄惨な光景だった。

部下達の姿を睨《にら》みながら、東月もまた全力を振り絞る。シュクヴァルの発射地点、速度、角度――頭の中で計算し、心の中で線を引く。本能という海図に、勘という定規で。そして経験というペンで。

各員衝撃に備えよ――そう命じようとして、やめた。この状況下では、衝撃に備えても仕方がない。当たるか、当たらないかである。

弓《クン》勇基が操舵桿を握ってかわせないなら、それは間違いなく運命という弾だ。東月はそう信じて疑わない。

艦内にわずかな衝撃。8番魚雷がシュクヴァル――一発、ないし二発――に反応したのだ。

ここでもう一度ピンを打ち、残りの数を確認したいところだが、それをやれば敵に位置を知られることになる。この先の戦いを考えると、もうアクティブ・ソナーは使用できない。

「シュクヴァル、依然接近中と思われます。想定接触まであと十秒」

心なしか、圭史《キュサ》の声が読経にも聞こえる。乗組員の中には頭を抱えてしゃがみ込む者もいた。

魚雷とは明らかに異なる、竜巻のような水流音が刻々と接近してくる。シュクヴァルの推進音か。

「接触まであと五秒、四、三、二、一……」

変化はなかった。異様な水流音も消えている。間一髪で回避行動が間に合ったのだ。乗組員達が愁眉を開く。

だが安心している暇はない。

「針路０９０、上げ舵20、深度50」

次いで圭史に向かい、

「音紋は。南鮮軍の艦か」

「音紋合致せず。南鮮軍ではありません」

「では日本軍か」

「それも違います」

昌守《チャンス》が苛立《いらだ》たしげに問う。

「どうして断言できるんだ。我々は日本の潜水艦の音紋どころか、なんのデータも持ってないんだぞ」

常ならぬ感情の混じる口調で圭史《キュサ》は答えた。

「音紋が033型のものだからです」

音のない巨大な衝撃が東月《ドンウォル》と乗組員達を打ちのめす。

033型――ロメオ級。現在そのタイプの艦を使用しているのは朝鮮人民軍海軍とエジプト海軍だけである。さすがにエジプト海軍の可能性はないため、共和国の艦であると断定していい。総保有数二十隻のうち、半島東部に配備されているのは十二隻。補修作業中の艦を除き、今回の大演習に参加しなかったのは〈極秘任務〉に就いていた潜水艦9号のみ。

羅済剛《ラジェガン》だ――

東月はようやく理解する。

日本近海で活動中だった潜水艦9号は、司令部からの命令を受け、全速で追ってきた。だからこそ、かくも容易にこちらの背後を取れたのだ。

それは処刑宣告にも等しい事実であった。

敵は羅済剛の指揮する潜水艦9号だ――

潜水艦爆発の振動は伝わってこなかった。ソナー員の報告を待つまでもなく、11号はシュクヴァルを回避したのだ。

さすがは桂《ケ》東月だ――

心の中で賛辞を惜しまず、また同時に厳めしい表情を微塵も崩さず、羅済剛は速やかに次の命令を下す。

「速力を上げろ、11号より先に接敵するのだ」

こうなると操艦技術の勝負である。

部下達には全幅の信頼を置いている。だが出港前、つまり大演習の開始前に見た資料によると、11号の航海長は弓勇基《クンヨンギ》だ。済剛の知る限り、現在の人民軍海軍に彼をしのぐ技量の持ち主はいない。

済剛は瞬時に頭を切り替え、新たな戦術の構想にかかる。

反乱の決行に当たって、東月は秘密裏に各種の装備を持ち込んだようだが、基本的に11号の装備は把握している。魚雷の残弾数に至るまでだ。それは決定的にこちらが有利であるということだ。

海底という暗闇の世界での戦いは、自らの弱さとの戦いでもある。通常は相手がどんな武器をどの程度持っているのか、何もかも分からぬままに戦わねばならないからだ。

だが今は通常ではない。11号の魚雷はあと三発。これは疑いようのない事実である。

しかも敵の人員は規定の半数である上に補給さえなく、これまでの戦いで疲労の極に達している。

東月《ドンウォル》──

済剛《ジェガン》は声に出さず友の名を呼ぶ。

俺は最初から有利な位置にいた──これも俺の運命だ──東月、おまえはおまえの運命とどう戦い抜くつもりなのか──


なんとしても敵艦の前に出る。相手もそれを予期して動いている。どちらの操艦が優れているか。最も心身を削られる局面だ。

自分は操艦で済剛に勝てるだろうか──いや、なんとしても勝つ──

身じろぎもせず、東月は全身から怯《ひる》む心を追い払う。

羅《ラ》済剛。名家に生まれ食生活に恵まれた環境で育ったせいか、肩幅のある長身で、ギリシャ彫刻の如き均整の取れた体格を有する人民軍きっての勇士にして最高の指揮官。冴えない風貌の自分とは大違いだ。

しかし潜水艦戦とは体格で戦うものではない。ましてや来歴や外見など意味を持たない。

必要なのは冷静に状況を見極められる精神力と、常に最善の戦法を考案できる思考力だ。自分はそれを、他ならぬ羅済剛から学んだ。

珠代と吉夏《ギルハ》は、無意識のうちであろう、互いに身を寄せ合うようにして発令所各員の動きを見守っている。

「魚雷戦用意。うち二発は囮《おとり》、残る一発で撃沈する」

意図を察して全員が頷く。二発をあえて外した方向に撃って敵艦を油断させると同時に誘導し、予測した回避方向へ本命の一発を撃ち込む。

そのためには、全員の呼吸を合わせた一糸乱れぬ行動が必要だ。

「艦首魚雷室、4番、5番、6番魚雷、アクティブ発射用意」

〈艦首魚雷室了解〉

閔《ミン》魚雷長の野太い声が返ってきた。

「目標『バ』、方位330……329……328……」

圭史《キュサ》の報告。氷が熱を帯びている。

海図台の上で勇基《ヨンギ》が海図に鉛筆で数値を書き込み、日本製の関数電卓ですばやく方位変化率を計算する。

「左舵5度」

「左舵5度」

弓《クン》航海長の指示を柳《リュ》操舵員が復唱する。

「方位331……330……329……」

燃焼しかけた圭史《キュサ》の氷が一瞬で凍結した。

「……いや待って下さい、方位020」

こちらがパッシブ、つまり敵の放つ音波をもとに方位変化率を探ってくることを予想したのか、9号は大きく旋回したのだ。

「反転したな」

舌打ちする昌守《チャンス》に対し、東月《ドンウォル》は自らの経験を告げる。

「断定するのは早い。相手の思考を自分の思う通りに誘導するのは羅済剛《ラジェガン》の得意とする手だ」

昌守は太い眉毛の下の両眼を見開き、

「ご冗談を。そんな魔術師みたいなことが可能とはとても――」

「それをやってのけるのが羅済剛という男だよ」

そこへ勇基《ヨンギ》が陰々滅々とした口調で、

「艦長、再計測のため速力停止願います」

「いや、増速だ。速力10、左舵2度を維持して大きく左旋回。ソナー員は念入りに計測せよ」

全員が意表を衝かれたような顔を見せた。

航海長のリコメンド通りに停止し、パッシブで計測を続ければ方向の変化は予測できる。しかし9号が直進するとは限らない。

回頭角度を少なく取ったのは、旋回半径が狭いと集まる情報が多くなりすぎて数値の分析に迷いが生じる可能性があるからだ。

「目標『バ』、方位315」

「方位315、舵そのまま」

航海長が復唱する。

「敵方位320」

圭史の冷厳な声に全員が振り返った。

「敵は右旋回ですって？」

歯噛みしたのは操舵桿を握る秀勝《ススン》だ。勇基がすばやく確認する。

「320で間違いない」

「増速したのはそのためだったんですね」

昌守《チャンス》が得心したように言った。それはまた賛嘆とも聞こえた。

先に9号が反転したため、東月《ドンウォル》は済剛《ジェガン》も同じ手を使うと読み、先手を取って位置を察知しようと速力を上げたのだ。

「……敵方位340」

圭史《キュサ》はおよそ三十秒から六十秒の間隔を空け、10度単位、もしくは5度単位で報告し続ける。

「……敵方位360」

「360。目標『バ』、これより右舷側に入る」

勇基《ヨンギ》は「さすがに速いな」と呟きつつ、自身も尋常ではない速さで海図に定規で線を引いていく。

「……敵方位010」

「目標『バ』010、速力11、変わらず」

「……敵方位020」

「020」

圭史の〈機械《キゲ》〉ぶりに対し、勇基は沁《し》み入るような声で呻《うめ》く。

「旋回半径まで同じか」

艦にのしかかる水圧をはね除《の》ける気迫と集中力で、東月は命じる。

「ソナー員、０９０方向にピン発射」

「０９０、ピン発射」


潜水艦９号の発令所に立ち、羅《ラ》済剛もまた11号の方位を確認していた。

やるな――

「右舷方向にピン発射せよ」

「ピン発射します」

即座に反応したソナー員が、次の瞬間、緊迫した口調で報告する。

「敵音波同時探知っ。方位２２５、距離１・２、角度マイナス３」

マイナスだと――

発令所全体が騒然となる中、

「右舵30、下げ舵20」

本能と呼ぶには確信に満ち満ちた威厳で以て、済剛は咄嗟に命じていた。

そうだ、それでなくてはな、東月――

ピン発射より一秒後、尹圭史《ユンキュサ》が報告する。

「敵音波同時探知。方位075、距離1・2、角度プラス3」

「右舵20、後進全速。1番タンク、両舷ブロー」

「えっ、後進ですか」

聞き返してきた昌守《チャンス》に、東月《ドンウォル》は自分でも理解し難い笑みで応じた。

「そうだ、全速後進だ」

秀勝《ススン》に代わって操舵桿を握った勇基《ヨンギ》は後進をかけて急停止し、角度プラス3、すなわち艦首側のタンクをブローすることで艦首を上げ、相手の予測される移動先に向けたのだ。

艦内で机上の小物が滑り落ち、多くの乗組員がよろめいた。危うく倒れかけた珠代をかろうじて左右から支えたのは、鶴林《ハクリム》と吉夏《ギルハ》であった。

ギアが壊れるほどの荒い操艦である。勇基の技量は水妖の名にふさわしく、本当に海の魔物かとさえ思われた。

今や11号は、後進しながら艦尾を下げ、さらに右へと変針した姿勢となっている。

「4番、5番、魚雷発射」

〈4番発射。5番発射〉

「舵そのまま」

唐突に圭史が図変を告げる。

「075に魚雷音探知」

艦は後進しながら舵を戻していないため、艦首はさらに右へと振れる。

「6番魚雷発射っ」


済剛《ジェガン》は悠然と命じる。

「1番、2番、3番、アクティブ魚雷発射」

〈1番、2番、3番、アクティブ魚雷発射〉

インターコムからの返答を待たず、ソナー員が叫んだ。

「227方向、魚雷音二発探知」

「なにっ」

11号はこちらより下にいるのではなかったのか——

「魚雷音、さらにもう一発探知っ」

ソナー員に向かい、墨《ムク》副艦長が怒鳴る。

「馬鹿な、その深度で使える魚雷ではないはずだっ」

彼の言う通り、人民軍海軍の魚4型魚雷は、浮上している状態にある水上艦専用の魚雷である。

おそらく東月《ドンウォル》は、魚雷内の姿勢ジャイロが壊れてもアクティブ・ソナーさえ無事で正常に機能すれば、推力と浮力により上昇しながら直進し命中すると考えたのだ。

対して自分は、11号まで約2キロメートルという至近距離にあることから、魚雷を下に向けて撃っても有効であると判断した。

二度目のピンを打つべきだったか――

しかし戦場ではミスを嘆いている暇などない。ことに桂《ケ》東月ほどの男が相手の場合は。

済剛《ジェガン》はまたも瞬時に思考を切り替える。

一発目、二発目はこちらを誘導するための罠。三発目で仕留めようという作戦だ。

甘いぞ、東月――

心中で旧友を叱咤する。

その作戦は、二年前の演習で俺が見せたものだ――俺の背中を追ってきたおまえの情熱が、最後におまえ自身を滅ぼした――

だが済剛はその皮肉を笑わない。もちろん感傷もない。

唯一の誤算は、敵艦の深度である。それこそが東月の独創であり、勇者の資質だ。

艦体が衝撃で揺れる。かわせるはずの三発目をかわせなかった。

「損傷箇所を報告せよ」

湧き上がる奇妙な歓喜を押し隠し、済剛は鷹揚に指示を下した。

11号の艦体にこれまでで最大級の振動が走った。敵の魚雷が近接爆発したのだ。

「手の空いている者は各所を点検、異状あらば報告せよ」

副艦長がすかさず艦内放送で指示を下す。この人数で手の空いている者などいないのは彼も承知している。すべては過酷な訓練の積み重ねによる反射的行動だ。そして乗組員達もまた、指示に呼応し全力を超える力で動いていた。

「1番タンク注水。下げ舵30、深度100まで潜航」

東月の指示に対し、勇基《ヨンギ》が迅速に反応する。水妖の手指が艦と一体化するのを東月は無言のうちに感得する。

「魚雷二発は030方向から270方向へ移動」

圭史《キュサ》が叫ぶ。永久凍土かと思われた彼の冷面は、今や完全に溶けていた。

「085方向、爆発音。目標『バ』に魚雷命中したものと思われます」

済剛はセオリー通りに浅い深度に船位していた。残弾数の限られる11号は、上方に向けて魚雷を撃ち、絶対にこれを命中させる必要があった。

こちらの放った一発目と二発目は機動によって回避できたろうが、姿勢ジャイロに不具合を起こした三発目は不規則に揺れる。予想されたコースを正常に進まなかったため、さしもの羅済剛《ラジェガン》もかわしきれなかったのだ。

「圧壊音は確認できるか」

「確認できません。爆発音は一度だけです。沈没はしていないと推測されます」

羅済剛の今日を築いた強運を考慮すれば、あの程度の攻撃で撃沈など期待すべきでないことは分かっていた。

東月《ドンウォル》が息を吐くと同時に、背後で激しく咳き込む音が聞こえた。

珠代であった。これまでよく持ちこたえていたものだと感心するが、潜水艦戦の緊張にとうとう耐えられなくなったのだ。

苦しげに身をよじりながら片手で口を押さえ、珠代はもう一方の手でポケットから薬を包んだ紙を取り出そうとする。

その手から紙包みが滑り落ちた。

「あっ」

次の瞬間、吉夏《ギルハ》が空中で包みを受け止めた。そして紙を開き、珠代に差し出す。

「どうぞ」

珠代は礼を言おうとしたようだったが、咳のために発声できず、包みの中に残っていた最後の二錠を慌てて口に含んだ。

そこへ鶴林《ハクリム》が手渡したコップを受け取り、水とともに一息で飲み下す。

これでもう薬は残っていない——11号の魚雷と同じく。


「一体どうなっているんだ」

強風に揺れる島根沖に停船した巡視船いわみの船橋で、鈴本は怒りの呻きを漏らした。

部下に対してでも、亡命を表明した北朝鮮の潜水艦に対してでもない。

海保と、そして海自の上層部に対してである。

チャンネル16のPAN-PANがいきなり途絶した。悪質ないたずらであったとは考えにくい。

近隣海域には海保からの応援と、海自の艦艇が集結しつつある。ソナーを装備している彼らならば、なんらかの情報を有しているものと思われたが、こちらに提供される気配は微塵もない。

指令本部からの命令もまた一向に変化の兆しを見せなかった。

日本という国がかつて経験したことのない事態である。どう動けばどういう結果になるのか、そしてその責任を誰が負うのか。上層部が方針を決めかねているのは想像に難くない。

激しさを増した雨が船窓を際限なく叩き、外の景色がよく見えない。重い雨のカーテンで、いわみだけが世界から遮断されているような気さえした。

「船長」

梅原通信長の声に振り返る。

「本部はなんと言っている」

梅原は無言で手にした紙片を差し出した。

そこには、それまでと一言一句変わらぬ文言が記されていた。

[警戒監視を維持して当該海域で待機。当該船舶に対しては本部の指示があるまで接触を禁ずる]

3

〈第4区画でバッテリー損傷、硫化水素ガス発生っ〉

インターコムから迸《ほとばし》った悲鳴のような声に、9号の発令所は騒然となった。

羅済剛《ラジェガン》は悠然と佇《たたず》んだままそれを聞く。

「ガスマスク着用、全力で修理に当たれっ」

インターコムに怒鳴り返した墨《ムク》副艦長が振り向いた。

「艦長、隔壁を閉鎖しますか」

「硫化水素ガスを排出せねばどうにもなるまい。一旦浮上する必要がある」

副艦長は驚愕の表情を隠そうともせず、

「上には日本軍が集結しつつあるものと推測されます。そのまっただ中に浮上するのは──」

「ガスの排出が遅れれば全員が死ぬ」

「しかし」

「心配するな。日本軍には手出しなどできんよ。同胞を見殺しにして恥じぬ国だ。明敏なる金正恩《キムジョンウン》同志のご賢察を信じることだ」

金正恩同志。その言葉は絶対だ。副艦長は直立不動となって復唱する。

「ただちに浮上し有毒ガスを排出します」

「浮上後にピンを打て。敵艦の位置を確認次第、艦首1番2番魚雷を発射する」

「えっ、では」

「そうだ、浮上後も魚雷攻撃は続行する」

副艦長の目に畏怖と尊崇の色が改めて浮かぶのを確認する。
それでいい――

無数にあるバルブのチェックに回った勇基《ヨンギ》に代わって操舵桿を任されていた秀勝《ススン》が、焦燥に歪《ゆが》んだ顔で振り返った。

「右舷動力軸に異状。プロペラに動力が伝達できていません」

昌守《チャンス》が時を移さず勇基を質《ただ》す。

「先ほどの近接爆発が原因か」

「おそらくは。このままじゃ微速でしか進めませんね」

発令所の酸素が一瞬で失われたようだった。全員が反射的に東月《ドンウォル》を見る。

落ち着け、ここで冷静さを失った方が負ける――

これでもう何度目だろうか、東月は自らにそう言い聞かせる。

だが脳髄から発せられる声に反し、東月は奇妙な高揚を覚えていた。全力を以て戦うことを許された戦士のみが知る高揚である。

「潜航を続けるのは危険だな、副艦長」

「私もそう思います」

「よし、深度40に変更」

そう命じた途端、今度は潜望鏡のすぐ左手にあるソナー室から圭史《キュサ》が言った。

「特異音探知……待って下さい、右舷艦尾方向、魚雷音二発探知」

反射的に東月は叫ぶ。

「艦尾7番、即時デコイ発射、8番もデコイ発射準備」


潜水艦9号の発令所で、ソナー員が緊迫した口調で報告する。

「敵デコイ発射音確認……爆発音なし、魚雷は二発とも外れたものと思われます」

済剛《ジェガン》はすかさず次の手を打つ。

「もう一度ピンを打て」

「ピン打ちます」

復唱するソナー員の指がわずかに動く。その間に済剛はインターコムに向かって告げる。

「艦首3番4番魚雷発射用意」

〈艦首3番4番魚雷発射用意〉

艦全体が大きく揺れている。海はかなり荒れているようだ。

「目標、左舷前方1・2海里、速力4ノットで南進、深度変わらず40」

ソナー員の声を聞くや、済剛《ジェガン》は冷徹に命じた。

「3番4番魚雷発射」

「艦尾方向、新たな魚雷音二つ」

圭史《キュサ》が氷の割れるような声を上げる。

こちらに息つく暇さえ与えぬ徹底した連続攻撃だ。

「艦尾8番発射管デコイ発射、その後左舵一杯」

操舵員の秀勝《ススン》は影の恐怖に怯《おび》える子供のような悲鳴を上げながら操舵桿を回している。勇《ヨン》基《ギ》が駆け寄り、再び操舵を代わった。艦の機動が間に合わなければそれで終わりだ。

急激な機動に艦全体が不気味に軋《きし》む。ただでさえ老朽化した旧型なのだ。嵐の中の小船のように、いつばらばらになるか知れたものではなかった。そして頼りない外殻を隔てて自分達を押し包む圧倒的な海水は、いつでも気まぐれに艦を圧壊させることができるに違いない。それが妄想であると分かっていても、潜水艦乗りは誰一人として頭から振り払うことができずにいる。

頼む、保ってくれ――全員が神を信じているわけでもなかろうが、今は全員が神に祈っているようだ。

珠代が激しく咳き込み出した。身をよじって苦悶している。薬がもう効かなくなっているのだ。

それが合図であったかのように圭史が報告する。

「魚雷音二つともデコイと同方向、２１０度。爆発音なし」

全員の漏らす安堵のため息が一つになって大きく聞こえた。共和国海軍の装備する魚雷の性能では、やはり深い位置に潜む敵を攻撃できないのだ。しかし今はこちらも深く潜れない状況にある。

「艦長」

完全に溶けたかと思えた圭史の氷が、凍気を取り戻している。尹《ユン》圭史の非人間的美点である。

「どうした」

「先ほど敵が打った二度のピンを分析してみたのですが、射点が同じ位置と思われます」

「本当か」

「はい、間違いありません」

昌守《チャンス》が目を見開き、

「艦長、もしかしたら敵艦は」

「浮上停船している可能性がある」

「こんな所で、どうして――」

「分からん。考えられる理由としてはなんらかの異状……おそらく艦内火災でも発生したのではないか」

「なるほど、一酸化炭素排出のため浮上を余儀なくされた、と」

するとギルハ吉夏《ギルハ》が勢い込んで言った。

「何をぼんやりしているんだ。敵が浮上しているなら、反撃する好機ではないか」

対して勇基《ヨンギ》が冷笑を浮かべ、

「反撃したくてもこっちにはもう武器が残ってないんだぜ、上佐同志。このまま逃げ出そうにも、微速前進しかできないときた。敵は一酸化炭素の排出が終わり次第、全力でこっちを沈めにかかるだろうよ」

「そんな……」

絶望の呻きを漏らしたのは吉夏であったか、それとも珠代を含む全員であったか。

ここまで来ながら――

どうしようもない。完全に手詰まりだ。こうしている間にも、敵は再び潜航し攻撃してくるかもしれない。そうなってはもう手遅れだ。

「艦長に具申します」

魚雷長の閔在旭《ミンジェウク》が進み出た。

「作戦があります」

「言ってみたまえ」

「吸着爆弾です。敵が浮上しているなら、今をおいてあれを使うときがあるとは思えません」

吸着爆弾。西側諸国ではリムペットマインと呼ばれている。磁力による吸着式対船舶爆弾で、人間の手により直接敵艦に取り付け、時限タイマーをセットして起爆させる。リムペットとは岩場に張り付くカサガイ類の貝のことである。

近年の事例では、ペルシャ湾におけるタンカー爆破テロにイラン製のリムペットマインが使用されている。イラン革命防衛隊の戦果に注目した人民軍では、海軍に同手法の習得を急がせていた。そこで11号に与えられた演習課目の一つとして、リムペットマインの訓練があらかじめ加えられていたのだった。

だが東月《ドンウォル》は、自分達が密かに企てた亡命計画にこの装備が活用できるとは想像すらしておらず、今まで思い出すことさえなかった。

「そうか、あれがあったたか」

そこで東月《ドンウォル》は考え込んだ。

「君の言う通りだ。いけるかもしれない。だが問題は誰がやるかだ。設置が完了する前に敵艦が潜航を再開したら、その者はもう助からん」

「私が言い出したのですから、私が行きます」

在旭《ジェウク》は幾分かの昏《くら》さを含みつつも明朗な笑みを見せて力強く言った。

「魚雷のない本艦にとって、最も不要な人間は間違いなく魚雷長の私でしょう。私が行くのが合理的というものです。それに、現在乗艦している中であれの操作方法に一番習熟している者は私であると考えます」

確かに彼の言はすべて理に適《かな》っている。

「よし、ただちに実行せよ」

東月の決断は早かった。今は一秒でも惜しい。

「はっ、ありがとうございます」

在旭は踵《きびす》を返して艦首魚雷室へと駆け出していった。

東月は圭史《キュサ》に向かい、

「ソナー員はパッシブに集中、敵艦の位置を持続的に捕捉せよ」

相手が二度打ったピンの位置情報があるとは言え、方位情報だけで敵艦の位置を把握し続けるのは至難の業である。

しかし圭史は平然とモニターに向き直った。

「分かりました。すでに敵艦は左舷前方1海里以内で、機械音も大きくなっています」

次いで勇基《ヨンギ》と秀勝《ススン》に命じる。

「速力2ノット、下げ舵一杯、70メートルまで。隠密接近で敵艦の真下に移動せよ」

深度を変更したのは40メートルで探知されたためである。また今は午前中で水温が低い。うまくいけば逆転層の下に入れるかもしれないと判断した。真下に移動したのは言うまでもなく敵艦が魚雷を撃てない位置だからだ。70という深度は在旭にとって凄まじい苦痛となるだろう。そしてそれは自分達全員の苦痛であり、試練なのだ。それを乗り越えぬ限り、勝利はない。

敵に悟られぬよう、静かに、音もなく移動する。これまで以上の、いや、旧型の033型としては極限までの繊細さが求められる潜航であった。

そしてこれは時間との勝負でもある。

敵艦が空気循環を終了するまでどれくらいかかるのかは分からない。それまでに在旭がリムペットマインの設置を終えて帰艦できればいいのだが、果たしてうまくいくかどうか。

さらには時間が経てば経つほど海面温度が上昇し、混合層の水深が下がってくる。アフタヌーンエフェクトと呼ばれる現象である。そうなると相手がアクティブ・ソナーのピンを打った場合、こちらの位置がばれる深度となってしまうのだ。

魚雷室に駆け込んだ在旭《ジェウク》は部下に作戦を伝達し、急いで潜水装備を身につける。驚いた部下達が口々に制止しようとしているが、聞いている暇などありはしないし聞く気もない。

それでも迅速に動く部下の手を借りて吸着爆弾を専用のベルトで腹部に固定する。また検索ロープで自分の体と魚雷発射管とをつなぐ。爆弾設置後にそれを伝って艦に帰投するのだ。

〈敵艦の真下に到達した。深度70だ。やれるか、魚雷長〉

インターコムから副艦長の声が聞こえてきた。

「大丈夫です。私の石頭が魚雷より硬いってことを証明してやります」

〈よし、出撃だ〉

その言葉を待って在旭は1番発射管に入る。最も床に近い右舷側である。

発射管ハッチが閉ざされた。視界が完全な暗黒に変わる。注水。内部はすぐに海水で満たされた。前部扉が開かれる。ロックアウト。

海中に出た在旭に、途轍もない水圧がのしかかった。まるで、海神の巨大な掌につかまれでもしたかのような。胸郭が圧迫され息が止まる。頭蓋骨は軋みを上げ、今にも砕け散りそうだった。

一般的なレジャーダイビングの限界深度は40メートルと言われているが、テクニカルダイビングの場合、さらに深く潜水することが可能となる。それでも水深70メートルでの潜水は、ある意味人間の限界を超えていると言っていい。

在旭は持ち前の体力と気力のすべてを振り絞り、人を押し潰さんとする圧力に抗《あらが》う。動かぬ手足を懸命に動かしつつ、ゆっくりと頭上を仰ぐ。伸ばした指のはるか先に、暗雲よりも黒々とした敵艦の影が広がっていた。

よし――

在旭は両足のフィンを交互に動かし、海中を垂直に上昇していった。天へと駆け上らんとする龍の如く。解放感は微塵もない。自分でも理解できない使命感のみが全身の筋肉を駆動させていた。


「敵艦の位置、依然不明」

振り返ったソナー員が潜望鏡を覗いていた済剛《ジェガン》に告げる。

「反逆者どもはどこへ消えたのでしょうか」

墨《ムク》副艦長が狼狽している。あり得ない現象であった。

「もしや、すでに沈没しているのでは」

「だったら本艦の優秀なソナー員が見逃すはずはない」

潜望鏡を上げた済剛《ジェガン》は誇りとともに告げる。

「パッシブでは埒《らち》があかぬようだな。アクティブで全方位にピンを打て」

「全方位にピン打ちます」

ソナー員が復唱するのを確認し、当直士官に問う。

「損傷箇所の状況はどうか」

「はっ、後部蓄電池室、発電機、及びその間のケーブルに広範囲に焦げた跡がありますが、発火は確認していません」

「硫化水素ガスの排出状況は」

「一酸化炭素、二酸化炭素とも正常値に戻りつつあります。あと五分で空気循環が再開される見込みです」

「よろしい」

済剛は満ち足りた思いで頷いた。

レーダー員からの報告によると、15海里以内に日本軍と思われる大型艦影が六隻接近しつつあるようだ。すでに到着している船もあるし、低空を飛行する航空機の機影も見受けられる。だが奴らはこちらを攻撃するどころか、警告さえしてこない。

それが日本という国の正体だ。中身などない。

仮に攻撃してきたとしても、それは腰の引けた威嚇にすぎない。こちらはその間に潜航して11号を撃沈し、充分に離脱できる。

「音波、反応ありません」

ソナー員から意外な返答があった。

「そんなはずはない。出力を変えてやってみろ」

墨副艦長が苛立たしげに命じている。

「……やはり反応ありません」

困惑の目で副艦長がこちらを見る。

しばし考え込んだ済剛は、厳粛な口調で命じた。

「真下に向けて打ってみろ」

「えっ、真下……ですか」

ソナー員が聞き返す。

「そうだ。真下だ」

「真下に向けピン打ちます」

機器に向き直ったソナー員が俊敏に実行する。

敵艦の船底に到達した在旭《ジェウク》は、体に固定していた吸着爆弾を外し、両手で捧げ持った。

よくこいつを思い出したものだ――

我ながら妙手であった。敵はまったく気づいていない。もっとも、こんな局面が訪れようとは想像もしていなかったが。

後はこれを艦底に吸着させればいいだけだ。それだけで潜水艦9号は朝鮮東海《チョソントンヘ》で永遠の眠りに就くこととなる。

だが突然、凄まじい衝撃が在旭の全身を打った。

ピンだ――

アクティブ・ソナーのピンは強烈である。間近で食らうとイルカやクジラでさえ意識を失う。

水中を伝わってきた衝撃波により脳震盪を起こした在旭の体は、海の底へとゆっくりと沈んでいった。

圭史《キュサ》が愕然としたように振り返った。再び凍り始めたかに見えた氷が一瞬で粉砕されている。

「敵音波探知！」

その叫びに全員が硬直する。

こちらの位置を知られてしまった——


「敵艦、真下、深度70！」

やはりそうか——

だがこの位置では魚雷による攻撃は不可能だ。

それでも済剛《ジェガン》は間髪を容《い》れず新たな指示を繰り出す。

「艦首艦尾錨《いかり》投下」

「なんですって」

聞き返した副艦長に、

「早くしろ。11号が移動してしまうぞ」

一喝された副艦長が慌てて復唱する。

「艦首艦尾錨投下。急げっ」

昌守《チャンス》が皆を安心させるように言う。

「心配するな。真下にいれば敵も攻撃はできない」

「それは甘いぞ、副艦長」

東月《ドンウォル》は頭上を見上げ、

「あの羅済剛《ラジェガン》だ、どんな手を打ってくるか知れたものではない」

次の瞬間、東月の読みを裏付けるように圭史《キュサ》が叫んだ。

「上方に大きな機械音を探知」

「機械音だと？　一体何が――」

昌守が言い終わらぬうちに艦体が大きく揺れた。突然のことに全員がバランスを失って前後左右へと投げ出される。

「なんだ、今のはっ」

吉夏《ギルハ》と昌守が互いに顔を見合わせた。

〈発令所、機関室。発令所、こちら機関室。応答願います〉

インターコムから白《ペク》機関長ががなり立てている。

「機関室、こちら発令所、何があった」

昌守が応答すると、最悪とも言える報告が続いた。

〈左プロペラが動きません〉

「どういうことだっ」

〈シュラウドリングに何かが接触して変形したんじゃないかと思います。それで左プロペラに引っ掛かったのではと〉

東月はようやく攻撃の正体を見抜いた。

「そうか、錨だな」

こちらが真下にいると知るや、即座に錨を投下した。羅済剛の真骨頂とも言うべき臨機応変の手だ。

そこへ最悪をすぐさま更新するかのような圭史の報告が続いた。

「敵艦のプロペラ音を探知、回頭に移ったものと思われます」

さすがに無駄口を叩く気にもなれず、機関室で仲模《ジュンモ》は額にじっとりと浮いた汗を拭った。

左プロペラがやられた――

潜水艦戦においては致命的な打撃である。速力の著しい低下は避けられない。それでなくとも寄る年波で足取りのおぼつかなかった11号の機動力は大幅に制限されたと言っていい。

圭史の奴は一体何を聴いてやがったんだ――

無駄口は叩かないが毒づきはする。互いに暗黒の中で息を潜める潜水艦同士の戦いは、すなわち音の探り合いでもあるからだ。

発令所に行ってきた部下の話では、どうやら敵はあの羅済剛《ラジェガン》だという。

最悪じゃねえか――

羅済剛。戦場となる海中で最も出会いたくない相手だ。しかも真下に潜むこちらのプロペラをあっさり無力化するとは、噂以上の実力である。

やけに蒸しやがる――息が苦しい――

突き出た腹を無意識のうちに撫でながら、仲模《ジュンモ》は日本に至る航路が万里の長城でことごとく閉ざされたような不安を覚えずにはいられなかった。

何か強い衝撃のようなものに打たれ、在旭《ジェウク》はかろうじて目を覚ました。意識はまだ朦朧《もうろう》としている。それでも自分が硬い地面の上に横たわっていることは分かった。

地面ではない。11号の甲板だ。

暗く不明瞭な視界の片隅に、闇夜のような海面から垂らされた黒い線のようなものが見えた。

あれは、鎖か――

思考力は依然として曖昧ながら、在旭は事態を悟る。

敵は11号に向かって錨を投下した。その衝撃が、皮肉にも自分の目を覚まさせたのだ。

在旭は夢中で手足を動かす。そのとき初めて、自分の左腕に吸着爆弾の固定ベルトが絡みついていることを知った。

爆弾は無事だ——やれる——

動かぬ手足を必死で動かし、11号の甲板を蹴って敵艦へと向かう。だが脳震盪によるダメージはともすれば在旭の意識をどこか別の世界へと連れて行こうとする。甘やかな睡魔にも似た誘惑に抗いながら、在旭は渾身の力を奮い起こす。

思い出せ——あのときのことを——

その記憶は、在旭を現世へと引き戻す。どこよりも業苦に満ちた最低の世界だ。

——さあ、やれ。共和国のためだ。

分かっていた。分かっていながら、在旭は魚臭い包丁を受け取った。受け取るしかなかった。そして四人の喉を順番に掻き切った。それが初めての殺人だった。

分かっていた。いつかこの償いをするときが来ると。

分かっている。今がきっと〈そのとき〉なのだ。

——もういいんだよ。

え？　もう一度言ってくれ。

――あんた、もういいんだよ。

四人の漁師が語りかけてくる。どういうわけか、この上なく親しげにだ。

――俺達は別にあんたを恨んじゃいない。あんたはやらなくちゃならなかった。共和国じゃ当たり前のことだろう。

噓をつけ。おまえ達は助けてくれと泣いていた。

――でもなあ、やらなきゃあんたが始末されてた。それが共和国の日常だ。知ってたはずだろ、あんただって。俺達も知っていてやったんだし。

過去は常に支離滅裂だ。ある意味現実以上に手に負えない。自分に都合のいいように、いくらでも改変される。それを受け入れる者もいるだろう。進んで改変する者もいるだろう。そうしなければ生きていけないからだ。

だが俺はもう疲れた――そろそろ終わりにさせてくれ――

全身にまとわりつく亡霊を振り払い、再び敵艦の船底に接近した。最後の力を絞り尽くすように、リムペットマインを押しつけてスイッチを押す。電磁石が作動、外壁に固定された。

後は――後は時限タイマーのスイッチを――

そこでまた意識が途切れかかる。亡霊が水底から呼んでいる。早くこっちへ来るがいいと。

起きろ——目を覚ませ——使命を果たせ——償いをしろ——

包丁が柔らかい喉肉を裂く感触。四人の悲鳴。噴出した鮮血の温かさ。血飛沫《ちしぶき》が泡に変わる。喉を切られた男の口から弾ける真っ赤な泡、泡、泡だ。

泡だって？

9号のプロペラが回転を始めていた。縦舵が右側へと動く。右回頭しようとしているのだ。そして間違いなくとどめの魚雷を発射する。

急げ、早くしないと間に合わない——

しかし全身が錘《おもり》と変じた如くに重かった。

それでも在旭《ジェウク》は精一杯手を伸ばす。その指先にあるのは包丁ではない。時限タイマーのスイッチだ。皆を生きて日本に導くためのドアチャイムだ。

頼む、俺にそれを押させてくれ——

在旭の願いにもかかわらず、動き始めた9号に固定した爆弾は、彼の指先から急速に離れていった。

——お願いです、助けて下さい。

漁師のうちの一人が言った。四人全員だったかもしれない。

これまでで最も大きな声だった。そうだ、それでいい、泣き続けろ、俺を恨め、俺を呪え。

何もできなかった、あのときの自分には。漁師達の喉を掻き切る以外には。

今は違う。違うのだ。

在旭《ジェウク》は絶叫した。絶叫したように思った。少なくとも心の中で。

最後の力は尽きている。それ以上の力で水を掻く。フルフェイスマスクの視界が赤く染まり、レギュレーターに血が詰まった。

頼む、頼む、頼む、頼む――

指先で懸命に船底をまさぐる。潜水艦の底に手掛かりとなるような突起などありはしない。

それでも在旭は執念で両手を動かす。

早く、早く、早く、早く――

動き始めた艦から一度離されれば、もう二度と追いつくことはできない。

指先が何かに引っ掛かった。その指に全力を込め、船底にしがみつく。

錆《さび》の塊か。いや違う。それはごく小さな貝だった。耳垢のように小さいが、まるで溶接されているかのような強固さで船底に張り付いていた。

敵艦が速度を増す。在旭の体は今にも振り落とされそうだった。

それでも在旭は極限を超えた力で船底を這う。

待て――待ってくれ――俺はまだここにいるんだ――

贖罪《しょくざい》の機会も、皆の未来も、何もかもが泡にまぎれて見えなくなる。

手足がちぎれてもいい。喉が潰れてもいい。内臓が破裂してもいい。頭蓋骨が砕けてもいい。だから——だからもっと力を——

一瞬、泡の向こうに黒く眠る爆弾が見えた。9号が回頭しているため、遠ざかる速度がわずかに落ちたのだ。ほんの、ほんのわずかに。

充分だ——

喉に何か大きな塊が詰まる。それでも在旭は猛然と両足を動かし、手を伸ばす。

視界が完全に赤で塗り込められた。一面の血で何も見えない。

だが、爆《は》ぜるほどに美味な鋳鉄の貝について、自分は誰よりも知っている。

赤の中へと突き出された在旭の指先が、時限タイマーのスイッチに触れ——はっきりと強く押し込んだ。

これでいい——

視界が赤から黒へと転じ、在旭の体は9号のプロペラが発する凄まじい気泡に取り巻かれ、海藻のように揉みしだかれながら沈んでいった。

「潜航、回頭完了」

操舵員の報告を受け済剛《ジェガン》は命令する。

「ピンを打て」

「ピン打ちます」

復唱したソナー員が返答をよこす。

「目標、方位060、距離0・5海里」

その声を、済剛はどこか遠く他人事《ひとごと》のように聞いた。

東月《ドンウォル》――やはりおまえは、最後まで俺に勝てなかった――

「艦首5番魚雷発射準備」

〈艦首5番魚雷発射準備完了〉

勝利の歓喜などありはしない。胸の中にある永遠の海底で、虚無の泡が渦巻いている。

興奮も落胆もなく、済剛は落ち着いた声を発する。

「魚雷発射」

その言葉を言い終わる寸前、轟音とともに艦体が激しく揺れ、すべての照明が消えた。

「艦長――」

その寸前、墨《ムク》副艦長がすがるようにこちらを見た。だが彼も経験を積んだ潜水艦乗りである。事態を瞬時に察し、覚悟を決めたのだろう。それ以上はもう何も言わなかった。

乗組員達の悲鳴を呑み込み、海水が凄まじい勢いで押し寄せてくる。

やってくれたな、東月——

説明のできない満足感と安堵感とを覚えつつ、済剛は全身で海水の奔流を受ける。

済剛は哄笑《こうしょう》していた。なぜだかは自分でも分からない。太く大きな声で、全身を震わせ、腹の底から豪快に笑っていた。

最後の最後で、こんな愉快な気分になれようとは。愉快というより爽快か。愉快で、爽快で、何より痛快な気分だ。

これほど笑ったのは何年ぶりだろうか。もしかしたら、東月とともに競い合った訓練生時代以来かもしれない。いや、きっとそうだ。新兵として部隊に配属されて以降、笑った記憶など一度もなかった。

この馬鹿げた笑いを聞いている乗組員がもういないのは幸いだった。音は水中でも伝わるが、水に没した部下達にそんな余裕はないだろう。弁解などするつもりは毛頭ない。恨みたければこの艦に配属した司令部を恨め。壊れた国の壊れた指導者に媚びへつらう無能どもを呪え。俺達と一緒に地獄へ引きずり込んでやろうじゃないか。

東月よ、このまま日本へ行くがいい——だが気をつけろ、日本は決しておまえが思うような国ではないぞ——

たちまち艦内を満たした海水の中で、わずかに点灯していた機器のライトと同時に羅済剛《ラジェガン》の意識も途絶えた。

「爆発音確認、目標『バ』のものと思われます」

圭史《キュサ》の報告を待つまでもなく、9号の爆発は艦内の誰もが感知している。歓喜とも放心ともつかぬ呻きがあちこちから漏れ聞こえた。

今は無用であるとしか言いようのない友への思いを振り払い、東月《ドンウォル》は一人インターコムに飛びついていた。

「艦首魚雷室、閔《ミン》魚雷長は戻っているか」

〈戻っておりませんっ〉

悲鳴のような返答。複数の嗚咽《おえつ》も聞こえた。この距離での爆発の衝撃を海中で受けたらどうなるか、その意味するところは明らかだ。

発令所の歓喜も消し飛んでいる。

豪傑と称された閔在旭《ジェウク》中尉。東月は、彼が決して表に出そうとしなかった死を希《ねが》う傾向について薄々察してはいた。また同時に任務を決して蔑ろにはしない彼の責任感を信頼してもいた。だからこそリムペットマイン作戦を許可したのだが、思えば、彼の強すぎる責任感はその内面に巣くった昏い何かの裏返しではなかったか。

そこへインターコムから白機《ペク》関長の声が飛び出してきた。

〈発令所、こちら機関室、電動機に火災発生〉

東月は反射的に応答していた。

「ただちに消火に当たれっ」

そして振り返って叫ぶ。

「海面まで緊急浮上、緊急排煙手順を準備。艦首と艦尾の救命ブイを切り離せっ」

4

「本部からの返信は」

〈やはり同じです。手を出すな、無線通信等による呼びかけも禁ずると〉

午前八時九分。船内電話による梅原通信長の返答に、鈴本は両の拳を強く握りしめた。

状況を逐次報告しているにもかかわらず、〈手を出すな〉とは——

海中で魚雷らしき爆発音が断続的に観測されたかと思うと、潜水艦が突如浮上した。同艦は海中に向け魚雷を発射し、再び潜航した。

この荒れ狂う波の下で、潜水艦同士が交戦中であることは明らかだ。一隻が国際ＶＨＦで救難信号を発した潜水艦11号だとすると、もう一隻はおそらく北朝鮮からの追手だ。自衛隊や韓国海軍の潜水艦である可能性はこの場合極めて低い。韓国海軍の艦艇がＡＤＩＺラインのぎりぎり向こうで踏みとどまるように集結しているという情報が他の巡視船から入っていた。日本がどう対応するのか、じっと観察しているのだ。

海上自衛隊の艦艇は回避行動を取った後、現場海域から約４キロ以上離れて停船したままである。汎用護衛艦が五隻、ミサイル艇が二隻、多用途支援艦が一隻。居並ぶ八隻もの艦が、鈴本の目には特等席に陣取る優雅な観客にしか見えなかった。

どうしたらいいんだ、自分達は――

鈴本だけでなく、いわみの船橋にいる全員が焦燥の色を浮かべて立ち尽くす。

護衛艦からは現場海域より離脱するようにと、「安全に関わる緊急情報」提供の無線連絡が入っている。だが自衛隊の本当の目的がこちらの「安全」にあるとはどうしても考えられなかった。

突然いわみの船体に異様な振動が伝わってきた。これまで以上に大きく、そして近い。

「勝負がついたのか」

各員が互いに顔を見合わせる。

「どっちだ」「どっちが勝ったんだ」「まさか、珠代さんの乗った艦が――」

誰かが叫んだ。

「おい、あれっ」

約3キロの距離で海面が大きく盛り上がり、黒い塊がまたも姿を現わした。潜水艦だ。さっき浮上したものと同型艦のようだが、同一の艦かどうかまでは分からない。

「前方の国籍不明艦に対し至急打電せよ。艦名と乗員を確認するんだ」

そう命じたとき、西村業務管理官が反論した。

「いけません、一切の接触を禁ずるというのが本部からの命令です」

「何を言うんだ、あの艦には広野珠代さんが乗っているかもしれないんだぞ」

「だからこそですっ」

目に涙さえ浮かべて西村は食い下がった。

「私達に許されているのは船の舵取りであって、国の舵取りではありません。我々が責任を取れるような事態じゃないんです」

「西村管理官、君は――」

「熟考をお願いします、船長」

悔しげに震えながら俯く西村の姿に、鈴本は完全に言葉を失った。
どうすればいい――どうすれば――

「浮上完了っ」

秀勝《ススン》の報告を待っていたかのように、インターコムから機関長の悲痛な叫びが迸った。

〈第5区画で浸水確認、手に負えませんっ〉

その叫び声に呼応する如く、艦が徐々に後ろへ傾き始める。艦尾が沈みつつあるのだ。浸水は後部艦底部のバッテリー区画から後部居住区へと広がっているに相違ない。一方で火災の方はどうやら電動機区画からディーゼル区画へと延焼しているようだ。煙が発令所まで流れてきている。

東月《ドンウォル》は即座に決断した。

「第4隔壁を閉鎖。発令所ハッチは閉鎖、総員艦首第1ハッチより退艦せよ」

救命用のゴムボートは残り一艘。それも艦尾魚雷室に収納されている。第4隔壁を閉鎖すればもうゴムボートを搬出することはできないが、どのみち全員を乗せることはできないし、今はとにかく乗組員の退避が優先であると考えた。一度沈み始めた潜水艦は、水の蟻《あり》地獄に陥ったが如く、瞬きするほどの間に沈没する。

間髪を容れず東月は昌守《チャンス》に命じた。

「VHFの救難信号は間違いなく日本に届いているはずだ。君は一足先に甲板へ出て状況を確認、報告せよ。その後は遅滞のない退避を指揮してくれ」

「はっ」

「航海長、君は——」

「もうやってます」

勇基《ヨンギ》がかすれた声で不敵に笑う。彼はブロータンクのバルブを必死に調整していた。艦は依然傾きつつあるが、そのペースが少しだけ落ちた。

「航海長、自分もっ」

秀勝が手伝おうとするが、勇基が凄まじい形相で睨みつける。

「おまえがいても邪魔になるだけだ。さっさと退避しろ」

「しかしっ」

「いいから行けっ」

秀勝はすがるようにこちらを見た。東月は努めて冷静に告げる。

「航海長の指示に従え」

今にも泣き出しそうな顔で秀勝は発令所を去った。本当に泣いていたかもしれない。

艦尾の方から逃げてきた乗組員達が発令所を通過して艦首の方へと向かう。吉夏《ギルハ》はいち早くその列に加わっていた。

「さあ、あなたも早く」

東月《ドンウォル》が珠代に手を差し伸べたとき、インターコムから昌守《チャンス》の怒鳴り声が飛び出した。

〈艦長、救難ボートは一艘も見当たりませんっ〉

「日本軍はまだ到着していないのか」

〈日本軍と思《おぼ》しき艦影はいくつもあります。奴ら、こっちを遠巻きにしてるだけですっ〉

「なんだとっ」

混乱する頭脳で懸命に考える。

日本軍は状況の把握に手間取っているだけなのか、それとも単なる指示待ちか。

いいや、そうじゃない――

最悪のパターンが思考の水面に浮上した。すなわち、日本は金正恩《キムジョンウン》となんらかの取引を成立させたのではないか。

東月は頭を振ってその考えを追い払う。

最愛の友であり、最大の敵であった羅済剛《ラジェガン》が言っていた。『土壇場での疑心は必ず悪い結果をもたらす』と。また『よい指揮官とは繊細でありつつも最後まで動揺を見せぬものだ』

とも。

〈どうしますか、艦長っ〉

「命令通り甲板上への退避を進めろ。本艦が沈むのは時間の問題だ」

〈……了解〉

かろうじて己を律したか、昌守からの通信は切れた。

「急いで下さい」

東月は側にいた珠代を促す。だが彼女は、双眸《そうぼう》に強い意志を覗かせ言った。

「艦長、通信機はまだ使えますか」

「えっ」

「私、最後まで呼びかけてみます。たとえ一分でも、二分でも……ここまで来てあきらめてはなりません。あきらめたら、死んでいったすべての人にお詫びのしようがないじゃないですか」

なんという強さか――

東月は己の頬を叩かれたように思い、すぐには答えられなかった。

「通信機は使えます、艦長」

横で聞いていた通信長の鶴林《ハクリム》も決然と発言した。

「分かった。許可する」

その言葉を受け、鶴林《ハクリム》が微笑みを浮かべて珠代に一礼する。

「私が責任を持ってお手伝いをします」

「でも、あなただって早く逃げなくては――」

「私は本艦の通信長です。立ち会うのは私の職務ですよ」

珠代は目を見開き、大きく頷いた。

「よし、すぐにやろう」

東月《ドンウォル》は先に立って通信室へと向かった。


いわみの船橋では、全員が息を詰めて潜水艦の様子を見守っていた。

刻々と艦尾が沈み、艦首が天に向かって突き上げられていく。浸水しているのは明らかだった。つまり、あの艦は間もなく沈むということだ。

激しい風雨の中、ハッチから乗組員が次々と外へ出てくる。早く救助に向かわねば、彼らは潜水艦沈没時に海へと引き込まれて全員が死を免れない。

不意に井上航海長が叫んだ。

「船長、あれをっ」

井上は沖合の方を指差していた。

数隻の大型漁船が接近してくるのが見えた。操業中だった漁船団が、VHFを受信して駆けつけてきたのだ。

だが、海上保安庁のAW139ヘリコプターが上空から彼らを監視するように旋回している。次いでスピーカーの音声が聞こえてきた。

〈こちらは海上保安庁です。当該海域は大変危険な状況にあります。民間の船舶はただちにこの海域から離れて下さい〉

鈴本は込み上げる怒りを抑えることができなかった。

日本という国は潜水艦乗組員を救助するどころか、駆けつけてきた民間の船団を遠ざけようとしているのだ。

さらに——自衛隊のミサイル艇が二隻、船団の針路を塞ぐように回り込んでくるのが見えた。

驚愕に全身が凍りつく思いだった。次いで憤激に魂がわななないた。

あり得ない、海上自衛隊が民間船舶を妨害しようとは。

どういうラインからの命令なのか——

〈この海域で自衛隊が任務中です。早く離れて下さい。繰り返します、早く離れて下さい〉

鈴本のみならず、全員が唖然として立ち尽くすよりなかった。

「どこまで……」

呻くような声に全員が振り向いた。

「どこまで姑息なんだっ」

それは、西村業務管理官の発した怒声であった。


強い雨が甲板を叩く。ただでさえ滑りやすい甲板が、油をたっぷりと引いたスケートリンクと化していた。少しでもよろけて海に落ちたら、化物じみた波に持っていかれる。

「急げ、早くしろ」

全身ずぶ濡れとなって、昌守《チャンス》は艦首側ハッチの外から乗組員達を急《せ》き立てる。

すでに大勢の乗組員が甲板に出ていたが、刻々と艦尾が沈み、艦首だけが突き出ていくのが一目で分かる。乗組員達は悲鳴を上げながら艦首の方へと移動するしかなかった。だが甲板は艦首に向かうに従い幅が細く狭くなっていく。艦首からセイル部にかけて張られたＨＦワイヤーアンテナにしがみついている者もいた。

それでなくても彼らはこの三日間、ほぼ一睡もしていない。ひたすら精神力だけで戦い続けてきたのだ。極度に水温の低い海へ落ちた瞬間、心臓が止まったとしても不思議はなかった。

「みんな、転落しないように注意しろっ。お互いにカバーし合うんだっ」

そう怒鳴ってから、昌守は振り返って停船している何隻もの艦艇を睨む。

やはり日本人は俺達を見殺しにするつもりなのか――

沈没しつつあるだけでなく、朝鮮東海《チョソントンヘ》の荒波に艦は前後左右に大きく揺れた。波丘は険しさを増して盛り上がり、爆発するように砕け散る。そのたびに甲板上の者が振り落とされそうになる。全員が救命胴衣を着用しているが、この冷たい波に呑まれて生命を維持できるとはとても思えない。

「気をつけろっ。ここまで来て絶対に落ちるんじゃないぞっ」

自らも必死でハッチにしがみつきながら、昌守はありったけの大声で叫んだ。

「お願いします」

鶴林《ハクリム》の差し出したマイクを握り、珠代は片手を喉に当てながら日本語で呼びかけ始めた。

「私は広野珠代です。やっと、やっと帰ってきたんです。懐かしい日本の海にいるんです。日本の皆さん、聞いておられるんでしょう？　近くにおられるとも聞きました。早く救助をお願いします。艦内で火災が発生しています。浸水もあるそうです。この艦はすぐに沈みます。このままではみんな死んでしまいます。一刻も早く……」

かろうじてそこまで話した珠代が、大きく咳き込み出した。

こんなときに発作か――いや、それだけじゃない――

気がつくと通信室にまで白煙が流れ込んでいる。

「いかん、早く逃げないとっ」

「珠代さん、これ以上は危険です」

だが珠代は鶴林《ハクリム》の手を振り払うようにしてマイクを一層強く握りしめた。

「私は日本を信じています。早く生まれた国に帰りたい。なのに……どうして助けに来てくれないんですか……早く、早くお願いします……珠代は、珠代は……」

咳き込みながらも珠代は続ける。

「珠代さん、もう無理だ」

東月《ドンウォル》の制止も珠代にはもはや聞こえていないようだった。

「早く助けてっ……お父さん、お母さん、私、ここにいるよっ……お願い、早く助けに来てっ……怖いよ、怖いよ、痛いよ……お父さん、お母さん、私はここだよっ……暗いよ、苦しいよ……助けて、お父さん、お母さんっ」

日本語を完璧にこなせるわけではない東月にも、珠代の口調がはっきりと変わったのは分かった。ここにいるのは五十八歳の婦人ではない。十三歳の中学生だ。

珠代は今、拉致されつつある少女となって、四十五年前に乗せられた特殊任務船に戻っているのだ。

「お父さん……お母さん……」

白髪の珠代が少女、いや、幼女のようにぼろぼろと大粒の涙をこぼしながら父母を呼ぶ。

その記憶の痛ましさに、東月は改めて取り返しのつかない失われた年月を思う。

だが白煙は急速に艦内に充満しつつあった。

「通信長、珠代さんを連れて退艦せよ」

「はっ……さあ、こちらへ」

嗚咽している珠代を抱き抱えるようにして鶴林が強引に外へと連れ出す。

後に続こうとした東月は、発令所の方を覗き込み、

「航海長、君も早く脱出しろ。艦首側ハッチを使うんだ」

突如床が一際大きく傾き、よろめいた東月は咄嗟に壁面のパイプをつかんだ。

危ないところだった。一つ間違って手が滑りでもしていたら、どこかに叩きつけられて致命傷となりかねない。

「もう少しだけやらせて下さい。今ここを離れたら艦が完全に直立してしまいます。そうな

ったらもう――」

いくつも並んだバルブを操作しながら、振り返りもせずに勇基《ヨンギ》が叫ぶ。

「命令だ、航海長」

「あと三分、いや二分下さい。二分経ったら必ずハッチに向かいます」

「では二分だけだぞ」

そう言い残し、東月《ドンウォル》は壁伝いに17メートル先の艦首側ハッチへと向かった。弓《クン》勇基とは絶対に約束を守る男であると確信していたからだ。

ハッチのすぐ外で待ち構えていた昌守《チャンス》は永三《ヨンサム》と力を合わせ、嵐とも言える暴風雨の中、珠代と鶴林《ハクリム》を引っ張り上げた。

「艦長は」

昌守の問いに鶴林が答える。

「すぐ来るはずです。航海長を呼んでいる声が聞こえました」

「そうか」

ほっと息を吐くと、今度は鶴林が訊《き》いてきた。

「救助はまだでしょうか」

「周りを見てみろ」

うっかり冷笑的に言ってしまい、昌守は慌てて口をつぐんだ。「これだけの艦艇が揃いながら、自国民の珠代さんまで見殺しか」とはとても言えない。

肝心の珠代は雨と潮に打たれて酷いありさまだが、何も言わずに黙っている。

「許して下さい」

突然永三が珠代に向かって頭を下げた。

「もうここでおしまいかもしれませんから思い切って言っておきます。自分の父は確かに特殊任務船の船長でした。何人もの日本人を拉致した功績で昇進さえしました。でも、珠代さんを拉致した船は違います。四十五年前、父はまだ入隊さえしていなかったんです。だからと言って父が許されるとは思いません。父自身が一番よく分かっていたと思います。周囲に勲章を見せびらかしながら、夜になると父はいつも自分を責めていました。家族を引き裂くなんて、人間のすることじゃないって。いつか報いを受けるんじゃないかって。両極端を行ったり来たりするような、そんな思いを抱き続けたせいか、死ぬ前の父は——」

「やめろ」

それまでの苦しみを吐き出そうとするかの如く、一気呵成に喋り続ける永三を遮ったのは吉夏《ギルハ》であった。

全員が吉夏《ギルハ》に視線を向ける。

「そんなつまらない懺悔《ざんげ》に意味などない。君の父親が罪人ならば、共和国に罪人でない国民は存在しない」

激しさを増す雨の中、吉夏は平然とうそぶいた。永三《ヨンサム》が膝を抱えて黙り込む。

絶望の淵に到着した旅人のため息を盛大に吐き、昌守《チャンス》はさりげなく珠代の様子を窺《うかが》う。

雨のせいか、それとも砕け散る波濤《はとう》のせいか、すぐ近くにいるのに彼女の表情は分からなかった。


東月《ドンウォル》は手掛かりを探りながら将校居住区画の細い通路を抜け、慎重に足を進める。艦内設備の配置は誰よりも熟知しているが、傾いた床を進むのは困難を極めた。勇基《ヨンギ》が残ってバルブを操作していなければ、艦はとっくに沈没していたことだろう。

だが、それももう限界に達しつつある。残された時間はあとわずかだ。

艦首側ハッチの下に到着。鉄製の垂直ラッタルに手を掛ける。

「艦長、早くっ」

だいぶ斜めに傾《かし》いだ昇降筒の先から昌守や鶴林《ハクリム》達が覗き込んでいる。

縦に上るのはたやすいが、おそろしく滑るラッタルを這うようにして上がるのは困難を極めた。

「さあ、手を伸ばして下さいっ」

最後は昌守達の手を借りてなんとか艦の外に出た。

「ありがとう、諸君」

東月は甲板にうずくまる乗組員達を見回し、

「これで全員か」

「航海長がまだです」

秀勝《ススン》が雨に濡れた顔で報告する。

「航海長は二分後に来ると言っていた」

「この艦があと二分も保ちますかね。我々の誤算は、日本人の良心を過大評価したことですな、艦長」

例によって吉夏が尊大な憎まれ口を叩く。

「貴様は、この期に及んでっ」

ついに激昂した昌守が握った拳を振り上げる。

東月はその腕を押さえ、首を左右に振った。

「ここには喧嘩をするスペースさえすでにないのだ」

「申しわけありません、艦長」

我に返った昌守《チャンス》が拳を下ろす。

二分が経過した。弓勇基《クンヨンギ》は現われなかった。

天に向かう艦首の角度が一層増した。乗組員達が急勾配となった甲板を我先に艦首の方へと這い上がり始める。

そのとき――

誰かがハッチに飛び込んで内部へと滑り下りた。

辛吉夏《シンギルハ》上佐であった。

「あっ」

東月《ドンウォル》はすぐに中を覗き込んだがもう遅い。

「吉夏め、一体何を考えているんだ」

それは、経験豊富な東月にとってもまったく理解し難い行動であった。

〈お父さん、お母さん、私、ここにいるよっ……お願い、早く助けに来てっ……怖いよ、怖いよ、痛いよ……お父さん、お母さん、私はここだよっ……暗いよ、苦しいよ……助けて、お父さん、お母さんっ〉

受信機から流れるその声に、誠市は絶句した。

苦しげな咳の混じる高齢女性の声であるはずなのに、父母に助けを求めるその叫びは、まるで少女のものだった。

そうだ、これは四十五年前の声なのだ。

あのとき自分が救えなかった少女の声が、四十五年の時を超えて届いたのだ。

「ほれ見いっ、国の奴らはやっぱりどがうもしとりゃせん。昔とちいとも変わっちゃあおらん。またあの子を見殺しにする気なんじゃっ」

漁船のハンドルを握った甚太郎が腹立たしげに叫ぶ。

「甚さん、もっとスピードを上げるんだ。早うせんとっ」

「分かっとらあや」

なんとしても、今度こそは——

誠市はもう気が気ではなかった。

待っていてくれ——あと少しだけ頑張ってくれ——

〈そこの小型船舶、聞こえますか。すぐに反転して下さい〉

上空で何かが聞こえたが、誠市は甚太郎と同じく顔も上げない。

「見えたぞっ、あれだあやっ」

甚太郎が前方を指差した。

大きく変化しながら渦巻く波濤の彼方に、黒い斜塔のように斜めになって突き立つ巨大なものが見えた。

潜水艦の艦首部分だ。

「いかん、こりゃあまずいで」

「急いでくれ、甚さんっ」

「分かっとるちゅうとろうがっ」

甚太郎が怒鳴ると同時に、左右から急接近してきた護衛艦が勝甚丸の行手を遮った。

〈怖いよ、怖いよ、痛いよ……お父さん、お母さん、私はここだよっ……暗いよ、苦しいよ……助けて、お父さん、お母さんっ〉

鈴本は泣いていた。自分だけではない。西村も、井上も、いわみの船橋にいる者達は皆声を上げずに泣いていた。

四十五年前に連れ去られた少女が、今また助けを求めている。

海上保安官として、日本人として、その求めに応じたいと強く願う。

だが日本という国は、自分達に救いの手を差し伸べるなと命じているのだ。

駆けつけてきた民間の船団も、ミサイル艇に阻まれ立ち往生したままである。中には指示された通り離脱していく漁船も多く見られた。

五月女《そうとめ》さん——

鈴本は元上官であり恩師である人を思い浮かべた。四十五年前に珠代さんを救えなかったその人は、今も深い苦しみの中でもがき続けている。

「方位２００度、距離6マイル、小型船、28ノットで針路０２０を維持」

鈴本の想念を断ち切るように、レーダーを睨んでいた航海士が声を上げた。

すぐに高倍率双眼鏡でその方向を見る。相当に離れている上に、ガラスを叩く激しい雨で視認は困難であった。

ウイングへ飛び出た鈴本は、全身を殴りつけてくる雨に構わず双眼鏡で目を凝らす。苦労した挙句、波間に飛沫を高く上げる小型漁船の船影をようやく発見した。

あれか——

日本側から北上してきた旧式の小型漁船が猛スピードで直進してくるのが見えた。おそらく個人で操業している漁船だろう。

どこの誰かは知らないが、必死の思いがその速度に表われているように思われた。

民間人でさえここまで駆り立てられているというのに——

雨が無数の槍となり、海保のコートを貫いて肌を突き刺す。

蛮勇を奮う漁船の孤影にじっと見入っていた鈴本は、そこへ急接近していく護衛艦二隻に気がついた。

あんな小型の船まで阻止しようというのか——

不条理の連続で心が今にも麻痺しそうだった。

いや、すでにそうなっているに違いない。そうでなければ、とても正視できる光景ではなかった。


濡れた垂直ラッタルを使って艦内に降り立った吉夏《ギルハ》は、思わず片手で口と鼻を覆った。内部はすでに白い煙に包まれている。この煙を吸い込んだら致命的だ。しかも各部からの浸水が勢いを増していた。

海水で電気系統が機能していないため、艦内はさながら暗黒の洞窟と化している。唯一、電池式の非常照明がところどころで点《とも》っており、ウミホタルのように淡い光を投げかけていた。

意を決して発令所へと走り出す。走ると言うより、滑り下りると言った方が近いだろう。それほどの傾斜がついていた。

体の各部にさまざまな物がぶつかり、軍服が裂けた。そのつど強烈な痛みを感じるが、構ってはいられない。

通路を走り、将校居住区画を抜ける。発令所区画に入った吉夏は、出入口部の縁に手を掛け、必死に目を凝らす。

ようやく闇に慣れてきた目が、バルブに寄りかかった恰好《かっこう》で気を失っている勇基《ヨンギ》を見出した。

発令所は半ば水没し、勇基はかろうじて上半身を水の上に覗かせている。腕と顎がバルブに引っ掛かっていたため水死を免れたのだ。煙もだいぶ薄れている。幸か不幸か、浸水で火災はかなり治まったようだった。

「何をしている、航海長、起きろっ」

吉夏は水の中に踏み込んで勇基を抱え起こす。

薄目を開けた勇基は、次いで大きく両眼を見開いた。

「どうしてあんたが」

「そんなことはどうでもいい。今はそれより」

勇基は吉夏の手を振り払い、

「どうでもいいことなどあるものか。どさくさにまぎれて俺を始末しに来たのか」

「その方が面白いのは確かだな。いいから早く――」

「ふざけるなっ」

吉夏《ギルハ》の胸ぐらをつかみ、勇基《ヨンギ》が食ってかかる。

「この場で俺が殺してやってもいいんだぞ」

「それだけの力が残っているようには見えんがね」

「試してみるか」

間近で聞く水妖の声は、本物の妖気を孕んでいるようだった。実際にここは文字通り生死の境でもあるのだ。

「分かった。では歩きながら話してやる」

吉夏は半ば強引に勇基の肩を取り、勇基も不承不承に従った。そして二人一緒にハッチへと向かう。航海長の体は、想像以上に力を失っていた。低温の海水はそれほどまでに体力を奪っていくのだ。

「私が来たのは、君に言い忘れたことがあったからだ」

「なんだ、命乞いか」

「私は一昨日、君の顔に見覚えがないと言ったな」

「ああ」

「あれは嘘だ」

勇基がこちらを向くのが分かった。だが吉夏はまっすぐ前を向いたまま続ける。

「忘れたこともない。平壌《ピョンヤン》第一中学時代の事件も、あのとき私を睨みつけていた少年の顔もね。資料で君の名前と写真を見たとき、すぐに分かったよ。自分が喉を潰した少年だと」

「だったらどうして俺をこの計画に加えた」

「弓《クン》勇基に関する評価は共和国海軍随一の操艦技術を有しているというものだった。どこに排除する必要がある」

「俺があんたを海に叩き込まないとでも思ったか」

足を止めた勇基の体を力ずくで引きずりながら、

「言わなかったことがもう一つある。あのときの老人、そう、私と級友達が殺してしまった老人だ。あの男が首領様を侮辱したというのは本当だ」

足が滑る。入ってきたときより浸水が増えていた。吉夏は壁面のパイプや機器を片手でつかみながら、歯を食いしばって勇基を支える。

「私は本当に子供だった。体制に教育されるまま、首領様を心の底から信じ尊敬していた。だからこそ、金正日《キムジョンイル》を詐欺師だ、悪魔だと罵る老人が許せなかった。どうしても許せなかった。子供だったんだ。社会を毒する成分を制裁してやると息巻いた。手加減の意味さえ知らない子供だった。老人の言葉が正しかったこと、それに自分がしたことの意味を悟ったのは大人になってからだった。その頃にはもう、自分の罪から目を逸らし続けるすべを完璧に身につけていた」

前方に微かな光が見えた。ハッチだ。

「聞いているか、航海長」

「ああ」

心なしか力を失った水妖の、ため息にも似た返事が耳許《みみもと》で聞こえた。

吉夏《ギルハ》は焦る。早くしないと二人とも11号に閉じ込められ、もう二度と浮かび上がれない。

「あと少しだ、ハッチの外で艦長達が――」

艦がまた大きく傾いた。バランスを崩し、手が滑った。二人とも背後に勢いよく落下する。

盛大な水音――そして背面に強烈な衝撃が来た。

ここはどこだ。平壌《ピョンヤン》か。張りぼてばかりがそそり立つ、何もないがらんどうの町。首領様を讃える馬鹿な子供がいる。誰だ。辛《シン》吉夏という名の愚か者。この自分だ。単に体制側からの恩恵を被っているだけとも知らず、すぐれた資質を有しているから選ばれたのだと勘違いしている。調子に乗って、正論を述べているだけの老人に暴力を振るった。自分には手下が何人かいたような気がするが、そいつらの顔も名前も覚えていない。覚えているのは、たった一人で老人を助けようとした少年の声だ。

いい声だった。素晴らしくいい声だった。

凛々しく、清々しく、透き通る高さ。音階の一つ一つが情感に明るく弾け、どこまでも高く蒼く立ち上っていく。知識としてしか知らないはずの中世の大聖堂でグレゴリオ聖歌でも聴いたような気分になった。

その声に表わされた強い正義感が風となって自分の顔に正面から吹きつけてきた。忘れられない。忘れようもない体験だった。その風が、自分も知らなかった劣等感に火を点けた。

正義とは主体《チュチェ》思想のことであり、それを奉じる自分の側にこそ在るものなのだ。なのに自分を否定する正義を認めることなどできるものか——

「おい、どうした、吉夏」

水妖の声。自分を海の底へ誘おうとしているのか。

「大口を叩きやがって、俺を外に連れ出すんじゃなかったのか」

強烈な激痛が全身を走り抜け、一挙に目が覚めた。どうやら意識が飛んでいたらしい。息ができない。手足の骨だけでなく、頭蓋骨が砕けたかと思えるほどの頭痛と耳鳴り。喉のあたりに込み上げてくるのは血の塊に違いない。

「何をやってるんだ、早く立てよ」

どうやら勇基《ヨンギ》は無事で済んだようだ。

「分かっている……君はいつもうるさいな……」

「吉夏《ギルハ》、おい吉夏っ」

激痛が頂点を超えたのか、あるいは脳細胞が死滅しつつあるのか、痛みはもう感じない。

「返事をしろ。吉夏っ」

「聞こえている……少し黙ってくれないか……」

「だったら早く立てっ」

「ああ、待ってくれ、今——」

こらえていた血がとうとう口からこぼれ落ちた。おかげで少しは呼吸ができるようになった。

「おい、なんだその血は」

なぜそんな顔をするのだ、航海長——君の憎んでやまぬ男、君の喉を潰した男が多少の血を吐いただけじゃないか——

「少佐同志、悪いがこの先は一人で行ってくれ」

「なに？」

「両足がまったく動かない……どうやら骨だけでなく神経までやられたようだ」

水位が瞬く間に上昇していく。口の中に海水があふれ、血と混じり合って原初の味となる。それだけ喋るのが精一杯だった。

「ふざけるのもいいかげんにしろ……吉夏、おまえは一体……」

水妖の声がよく聞こえない。もともとかすれているせいか。その声を作ったのは自分だというのに。

「吉夏、おまえにはまだ言うことがあるだろう。おまえはまだ俺に謝ってはいない。肝心なことを言わずに勝手に逝くつもりか。そんなこと、絶対に許すものか」

自然と笑いが込み上げてきた。

「何を笑ってやがる」

「昔からそうなんだ……真剣になればなるほど、傍目《はため》には笑っているように見えるらしい……君の喉を潰したときも……だが君のその声は……今も……今も……」

「俺の声がどうかしたか」

「私は……とても気に入っている……」

そこですべての力が尽きた。

勇基の顔が水面の向こうに遠ざかり、そして消えた。ただ自分を呼ぶ水妖の声だけが、ぼんやりと揺らぎながら響いてきたが、それもすぐに聞こえなくなった。

我ながら慣れないことをした――

どうしてだか分からないが、気分はそう悪いものではなかった。艦尾へと沈みながら、しかし吉夏《ギルハ》は最後に少しだけ後悔していた。

弓勇基《クンヨンギ》を讃えるつもりで、かえって彼を怒らせたかもしれないと。

自衛隊が自分達を救助に行かせまいとしている。誠市にとっては、あまりに信じ難い光景であった。

「どうする、甚さんっ」

「見とれや、ここで退《ひ》いたらわしらの人生、ほんまもんの屑《くず》の屑じゃっ」

そう叫びつつ、甚太郎は勝甚丸の速度を緩めることなく突き進む。

ぶつかる――

誠市は一瞬死を覚悟したが、こちらの勢いに恐怖し、変針したのはむしろ護衛艦の方だった。

甚太郎は熟練のハンドルさばきで二隻の護衛艦の合間を稲妻形にすり抜けた。

「自衛隊がびびりよってから。あいつら、釣り船とぶつかるたびにニュースで叩かれとるもんじゃけ、よっぽど始末書が怖いんじゃろうな」

老漁師が痛烈に吐き捨てる。長年積もりに積もった怒りが連鎖的に爆発しているのだ。それは誠市とて同じであった。

「それより甚さんっ」

誠市は甚太郎の肩を叩く。目当ての潜水艦はもう近い。海上に突き出た部分に、大勢の乗組員が蟻のように群がっているのが見えた。落水して救命ブイにつかまっている者もいる。

「早う、早うっ。この時期の日本海に落ちたらもう助からんぞっ」

「それくらい、わしの方がよう知っとるわいっ」

「おい、甚さんっ！」

二人の眼前に、一際巨大な護衛艦が迫ってきた。

間に合わない——

だが甚太郎は、その巨大な船に向かって真っ正面から突っ込んでいった。

昇降筒に腹這いになって内部を覗き込んでいた秀勝《ススン》が声を上げた。

「あっ、航海長っ」

東月《ドンウォル》も急いでハッチを覗き込む。息も絶え絶えとなった勇基が昇降筒の下に到達したのを確認した。

「航海長、こっちですっ」

秀勝《ススン》が大声で呼びかけながら手を差し伸べる。

勇基《ヨンギ》がその手を握ると同時に、秀勝の両足首をつかんでいた昌守《チャンス》と鶴林《ハクリム》が、秀勝もろとも一気に勇基を引き上げた。

艦内から急に外へ出た勇基は、吹きつける強い風雨に震えているようだった。

「大丈夫ですか、航海長」

秀勝が心配そうに訊いている。その秀勝自身が、すでに死人よりも蒼ざめた顔をしていた。

直立に近いほどの角度で傾いているだけでなく、前後左右に激しく揺れる甲板は、さながら地獄のアトラクションだった。皆必死にしがみついているが、勇基がぜいぜいと息をついている間にも、二人が持ちこたえられずに転落している。

「辛《シン》上佐はどうした」

東月《ドンウォル》が尋ねると、勇基は懸命に息を整えるようにしてなんとか答えた。

「沈みました、俺を助けて」

「そうか」

瞑目する東月に、

「最後まで嫌な奴でした。自分勝手で……俺の声を水の底へ持っていきやがった……」

そして勇基は、海面を吹き渡る風よりも狂おしくしゃがれた声を上げて号泣した。

水妖の泣き声が、朝鮮東海《チョソントンへ》にどこまでも広がっていく。

その慟哭《どうこく》の意味が分からず、一同は首を傾げながら顔を見合わせるしかなかった。

灰白色の風を引き裂くような警笛をかん高く鳴らしながら、護衛艦はもう目前に迫っている。

「誠市っつぁん」

前を睨んだまま、甚太郎が唐突に怒鳴った。

「なんだっ、甚さん」

「こりゃあもしかしたら、避《よ》けきれんかもしれんで」

「なんだって」

「こっちがひっくり返っても恨まんでくれぃや」

相手を見つめて束の間黙り込んだ誠市は、心からの笑みを浮かべて応じた。

「恨むなんてことがあるもんかい。私は心の底から甚さんに感謝してるんだ。今になって人生の落とし前をつけることができるんだからね。もう退官しとるが、警察官として死ねるんなら本望だよ」

老漁師は愉快そうに笑い、

「ええ覚悟じゃ。ほんならわしも遠慮のう行かせてもらうけえ、よう見とれえや」

言うや否や、老人は勢いよく舵を切った。勝甚丸は護衛艦の船腹を擦るように、いや、実際に擦りながら派手にすれ違う。鼓膜がどうにかなりそうな騒音と猛烈な振動に、誠市は歯を食いしばって耐える。めっきり衰えた心臓が今にも破裂するのではないかと本気で思った。かろうじて悲鳴を上げずに済んだのは、口を開ければ舌を嚙むことが分かっていたからだ。

船体が軋む耳障りな高音と振動とが不意に途絶えた。護衛艦の脇をすり抜けたのだ。紙一重の差であった。あと数センチ横に寄っていたら、護衛艦と接触し横転、大破していたことは間違いない。誠市の冷や汗が雨と混じり細かい飛沫となって流れ去る。

「これが日本海の荒波で揉まれた漁師の度胸じゃっ」

遠ざかる護衛艦を振り返り、甚太郎がざまあみろと言わんばかりに大笑する。

誠市はその肩を叩き、

「甚さん、それよりも早く珠代さんをっ」

「おう、今度こそ絶対に助けちゃらあっ」

老人が急ぎハンドルを戻す。勝甚丸は一路潜水艦を目指し猛然と疾走する。

早くしないと潜水艦はもう保たない。残された時間は、あと数分あるかないかだ。

誠市は焦る。もしまた珠代さんを救えなかったら、自分はもう決して自分自身を許せない。それだけははっきりと分かっていた。

艦尾を海水で満たした11号がここまで保ったのは、内部に踏みとどまってバルブを操作し続けた勇基《ヨンギ》の技術と蛮勇あったればこそだ。

だが、それももう限界だった。

艦首部分の甲板にも全員がしがみつける余地はすでになく、それ以前に、その場で持ちこたえようにもそうできないほど急角度に傾いていた。

一人、また一人と乗組員が海面に落下する。身につけた救命胴衣で浮いてはいるが、一秒でも早く引き上げないと凍死は免れない。また激しい波に呑まれたまま見えなくなった者もいる。

圭史《キュサ》がいない——

可能な範囲で甲板上を見回した東月《ドンウォル》は、尹《ユン》圭史ソナー員の姿がないことに気づき愕然とした。

「圭史がいないっ」

東月が気づいたのとほぼ同じくして声を上げたのは、白《ペク》機関長だった。

「おい、嘘だろう……圭史《キュサ》、圭史っ」

甲板上で立ち上がろうとする仲模《ジュンモ》を、周囲の者達が必死に押しとどめている。

「機関長、落ち着いて下さいっ」「危険ですっ」「機関長っ」

「なんでよりによってあいつなんだっ。あんなに無愛想なクセしやがって、あいつは誰よりも日本に行きたがってたんだっ」

仲模の叫びに、東月《ドンウォル》は少なからず驚いていた。

尹《ユン》圭史が誰よりも日本に行きたがっていた——？

仲模と圭史がかつて同じ艦で勤務していたことは知っていたが、二人がそこまで親交を結んでいたとはまったく把握していなかったからだ。

「馬鹿野郎、どうせ連れてくなら俺を連れてけってんだ……」

冷酷な蛇のようにのたうつ波に毒づき、うずくまって慟哭する仲模の姿に、東月は己の腑甲斐なさを責めずにはいられない。

無駄口こそ多いものの、無愛想さにかけては仲模も圭史といい勝負である。もしかしたら仲模は、飢饉《ききん》で亡くなったという息子を圭史に重ね合わせていたのかもしれなかった。だがそれもあくまで自分の推測でしかない。

人間は不可解だ。逆にその不可解さこそが人間であるとも思う。常に氷の無表情を保っていた圭史も、今度の航海では一度ならず人間らしい動揺や怯えの色を垣間見せてくれた。その機械的な口調さえ、何より正確さを求められる任務に徹する彼の矜恃《きょうじ》であったと今は分かる。彼は文字通り11号の耳であった。

打ちのめされる間もなく、珠代が咳き込んだ拍子にバランスを崩しかけているのが目に入った。

「珠代さん、もっとこっちへっ」

艦首部へ身を寄せ、珠代に手を差し伸べる。

「ありがとうございます」

その手を取り、珠代が這うようにして移動してくる。だが海面はもうすぐそこまで迫っていた。

「あっ、ああーっ」

間近で悲鳴が聞こえた。東月《ドンウォル》が声の方を見ると、打ちつける雨と水飛沫で永三《ヨンサム》の体がずずると甲板を斜めに滑り落ちていくのが見えた。

「助け、助けてっ」

永三が必死に手を伸ばす。その手を咄嗟に珠代がつかんだ。だが男の体を引き上げるには珠代はあまりに小さく、非力であった。到底支えきれずに彼女も一緒になって滑り落ちていく。

「珠代さんっ」

側にいた昌守《チャンス》と鶴林《ハクリム》が左右から手を伸ばし、落下寸前であった珠代の体をつかんだ。その機を逃さず、勇基《ヨンギ》が腹這いになって横から永三《ヨンサム》の救命胴衣を握る。

「よし、このまま行くぞっ」

昌守の合図に鶴林、勇基がタイミングを合わせ、珠代と永三を一気に引き上げた。

皆に礼を言う気力もないのか、傾いた甲板にうずくまり永三は嗚咽するばかりであった。

迫りつつある明確な死を前にして彼を非難する者はいない。

永三は泣きながら珠代に向かい、

「どうして、どうして自分なんかを……あなたは、どうして……」

「知りません、分かりません」

珠代もまた雨と涙に濡れた顔で、途方に暮れたように言う。

「私は……私はただ……」

「父は多くの日本人をさらいました、あなたのような人を、力ずくで船に乗せ……なのにあなたは、どうしてそんなに強いんですか」

「知りません、私は強くなんかありませんっ」

たまりかねたように珠代は叫んだ。興奮し、大きく咳き込み、耳を両手で塞ぎ、首を左右に振っている。

東月《ドンウォル》は珠代の体をしっかりと抱き締め、押さえつける。そして、自分でも驚くほど落ち着いた声で囁《ささや》きかけた。

「あなたは素晴らしい人だ、珠代さん。あなたを我が艦にお迎えできたことを、艦長として誇りに思います。率直に言ってお迎えの仕方は公平ではなく、強引でした。あなたが共和国に連れてこられたときのように。しかしこの二日間の航海は、我が生涯で最も輝けるものだった。珠代さん、どうか祈ってやって下さい。閔在旭《ミンジェウク》、尹圭史《ユンキュサ》、辛吉夏《シンギルハ》……あなたとともに戦い、死んでいった乗組員達のために。私達もすぐに彼らの後を追うことになるでしょうが、祈りましょう、どうかそれまで」

珠代の興奮が収まり、小さな体が静かになった。いつしか咳も止まっている。

「ありがとう、艦長」

珠代がそっと呟いた。

「艦長、あれを、あれをご覧下さいっ」

不意に誰かが叫んだ。最も艦首に近いところにいた乗組員だ。まっすぐに波濤の彼方を指差している。

こちらに向かって直進してくる小型船が見えた。

とどめを刺しに来た攻撃艇かと思ったが、そうではなかった。どう見ても民間の漁船である。東月は瞠目《ドンウォル》した。

もしや、救援か――

今や甲板上の全員が漁船に向かって呼びかけている。それに応じるように漁船から二人の乗組員が半身を覗かせ、しきりと手招きの動作を繰り返している。

間違いない、助けに来たのだ。

東月は腰を浮かせて最後の命令を発した。

「総員、艦を離れて前方の漁船に移乗せよっ」

その命令を待ちかねていたように、乗組員達が次々と甲板から海へと飛び込む。

小型漁船一艘ではとても全員を収容できるものではないが、それでも甲板にとどまれば確実に死ぬ。やるしかなかった。

「珠代さん、さあ、我々も」

東月は珠代の手を取った。しっかりと、固く、強く。

「いいですね、行きますよ」

「はい」

　珠代が頷くのを確認し、ともに海面へと身を躍らせた。

　午前九時二分。護衛艦による妨害をものともせずに掻い潜《くぐ》り、民間船が救助を開始している。

　その光景は、先に耳にした珠代の叫びと渾然となって鈴本を激しく揺さぶった。

　本部からの命令は未だ変化なし。

　民間人が命を懸けて救助に当たっているというのに、海上保安官であるはずの自分達はこんな所で一体何を——

「船長っ」

　船橋内の誰かが悲鳴とも取れる声を上げた。

　——私の過ちを繰り返さず、たとえどんなことがあろうとも海上保安官として立派に行動してほしい。

　元上官であり恩師である五月女の言葉が今こそ耳朶《じだ》に甦《よみがえ》る。鈴本は渾身の気合いで発していた。

「本船はこれより遭難船に対し救助活動を行なう。潜水士、警救艇、警備艇準備」

　反対する者はいなかった。西村業務管理官さえも黙っている。すでに全員が処分を覚悟しているのだ。

「目標まで2000ヤード、ゆっくり近づく」

「目標までゆっくり接近します」

井上航海長が復唱する。

「要救助者多数確認、警救艇1号2号準備。続いて潜水士及び警備艇準備。整い次第発進せよ」

船内放送のマイクに向かって指示を下しながら、鈴本は心の中で五月女に語りかけていた。ありがとうございます——人を守るべき海上保安官としての誇りを、私はもう少しで失うところでした——

船内電話が鳴った。通信室からだった。

「船長だ」

〈本部より至急当該船から離れよとの命令が入っています〉

梅原通信長が緊迫した声で告げる。

本部にヘリから報告が行ったか——

鈴本は軽く息を吸い、

「返電、文面はこうだ。『本船は海上保安庁の巡視船として救難活動に当たる。本官はこの活動を海上保安庁の最優先されるべき職務であり絶対の義務であると信じる。巡視船いわみ船長鈴本信彦』。以上だ」

〈船長〉

「なんだ」

〈自分は本船の乗組員であることを誇りに思います〉

鈴本は無言で頷き、船内電話の受話器を置いた。

部下達が次々と小型漁船へ引き上げられていくのを、東月《ドンウォル》は珠代とともに荒波のままに翻弄されながら確認した。

「さあっ、早く、早くこっちへっ」

二人の老人が船上から叫んでいる。たった二人だ。船はあまりに小さく、人手は圧倒的に足りない。それでも二人の老人に怯懦《きょうだ》の色など微塵もなかった。

東月には分かる。彼らは自国の命令に背き、命懸けで来てくれたのだ。呆れるほど愚かで、勇敢な男達だ。

吉夏《ギルハ》の作戦は間違っていなかった——珠代さんの声が届いたのだ——

だが獰猛《どうもう》に荒ぶる朝鮮東海《チョソントンへ》は自分達を漁船から遠ざけるばかりで、一向に近づけようとはしてくれない。

曲がりなりにも海軍に籍を置く自分一人ならなんとかなるかもしれないが、珠代を連れてこの波を乗りきるのは想像以上に困難だった。

海水を飲んだらしく、珠代は苦しげに何度も咽《む》せている。それでなくても海水は急速に体温を奪っていく。早くしないと命に関わると分かっていながら、漁船との距離は開く一方であった。

「頑張って下さい珠代さんっ、あと少しだっ」

絶えず声をかけて珠代を励ますが、彼女には返事をする余裕さえない。

早くなんとかしなければ——

そのとき、同じく波に翻弄されている部下達が絶望に満ちた声を上げた。

彼らの視線を追った東月《ドンウォル》は、高速船一隻とその搭載艇らしき三艘が接近してくるのを見た。

高速船のシルエットは頭に叩き込まれている。日本海上警察の『巡視船』だ。

あくまで救助を妨害する気か——

怒りと失意とがないまぜになって東月の気力を果てしなく減退させる。

だが予期に反し、先着した搭載艇三艘は次々と落水者救助ネットを広げ始めた。近くを漂っていた部下達の悲鳴が歓声に変わる。

冷たい海面を漂いながら、東月の胸は熱い感情に満たされた。安堵と希望、さらにはそれ以外の何かだ。

搭載艇に乗った日本の警察官達は、機敏な動きで部下達を引き上げてくれている。それでも、嵐に等しい天候の中で翻弄される男達を確保するのは容易なこととは思えなかった。

「艦長、あれを……あれをっ……」

近くに飛び込んだ鶴林《ハクリム》が何かをしきりに指差している。顔を上げて周囲を見回した東月の目に、護衛艦の包囲網を強引に突破して駆けつけてくる大型漁船団が見えた。

小型漁船に乗った老人達の行為が、彼らの魂に火を点けたに違いなかった。

あれだけの船が来てくれれば全乗組員を収容できる。問題はそれまで自分達が保つかどうかである。

加えて、刻々と沈みつつある11号だ。

たとえ全員を回収することができたとしても、沈没する潜水艦の生み出す渦に引きずり込まれたら、巡視船はともかく人も搭載艇もおしまいだ。

珠代の体を抱えた東月は、限界を超える精神力で漁船を目指した。行手を阻む波は強固な壁となってこちらを近づけるどころか一層遠くへと押し戻す。それでも東月は泳ぎ続けた。

――速いな、おまえは。

並んで泳ぐ済剛《ジェガン》が語りかけてくる。素晴らしく晴れた祖国の海だ。

——俺と一緒に泳げるのはおまえくらいだ、東月《ドンウォル》。

——なあに、今に追い抜いてやるさ。

笑いながら言い返してやると、済剛も朗らかに笑い、

——おまえならきっとやれるだろう。その日を楽しみにしているぞ。

——だが、済剛。

——どうした。

——気のせいか、俺はなんだか酷く疲れてきたよ。

——馬鹿を言うな。おまえはもっともっと遠くまで泳げるはずだ。

——そうかな。

——そうさ。自分を信じるんだ、東月。信念こそが人を強くする。俺は一足先に行くが、おまえは精神を鍛え直してから来るがいい。

——ああ、待っていてくれ。

——待っているさ、いつまでも。

済剛の若く輝く肉体は、東月一人を残し、陽光のはるか先へと泳ぎ去った。

我に返る。したたかに海水を飲んでいた。そこは共和国の穏やかな海ではなく、荒れ狂う

日本の海だった。

済剛——

今、すぐ横に奴がいた。若い頃の羅《ラ》済剛だ。老いた自分を叱咤し、励まし、去っていった。

珠代を抱え、少年のように泣きながら東月はがむしゃらに泳ぎ続ける。

ついに小型漁船へ到達した。漁師らしからぬ恰好をした老人が甲板から手を差し伸べている。何事か日本語で叫んでいるがよくは聞き取れない。

東月はまず珠代を引き上げてもらうため体勢を変えようとした。刹那、一際大きい波が打ちつけ、珠代の体をさらっていった。まったくの不意打ちであった。

しまった——

己の油断を責めるがもう遅い。珠代はすでに見えなくなっていた。

「珠代さんっ」

勝甚丸の甲板上で誠市は声を限りにその名を呼んだ。

やっとここまで辿り着いたというのに——

北朝鮮の軍人に抱えられた珠代は、すぐ目の前まで到達していた。もう少しで手が届くというときに大波が来たのだ。

なんてことだ――

風雨に逆らい、誠市は甲板に沿って移動しながら目を凝らす。だが珠代の姿はどこにもない。

「珠代さん、珠代さんっ」

心臓に激痛が走る。絶望で頭が破裂しそうだった。

「珠代さんっ、珠代さんっ、珠代さんっ」

船尾の方で不意に日本語が聞こえた。

「ここに……助け……」

すぐに声の方へと駆けつける。浮上した珠代らしき人影が見えた。幸いにも船からそう離れてはいない。

「手を出して、早く、こっちですっ」

誠市はなりふり構わず手を伸ばす。珠代の方も手を出しているのだが、波は上下左右に大きくうねり、どうしても届かない。

「もっと、もっとこっちへっ」

限界まで身を乗り出すが、やはり駄目だった。こうしている間にも、珠代は何度も浮き沈みを繰り返している。

ロープはないか——ロープでなくてもいい、代わりに使えさえすれば——

周囲を見回すが、ロープも投網も、釣り竿さえも、反対側で甚太郎がすでに使っている。

何か、何かないか——

激烈な焦燥に駆られながら船上を見回す。珠代に差し出せるような物は見当たらない。

突然閃《ひらめ》いた。

そうだ、これを——

誠市は家を出るとき首に巻いてきたカシミヤのストールをほどき、一方の端を投げ出した。

「これをつかんで下さいっ」

その声が届いたかどうかは判然としない。しかし珠代は懸命にストールをつかもうとしている。風雨に煽《あお》られたストールは、悪運がいたずらしているかの如く巧妙に珠代の手から逃げ回っていっかな捕まろうとしない。

「頑張って下さい、珠代さんっ。絶対にあきらめないでっ」

誠市はひたすらに声をかけ続ける。そうしていないと、珠代は呆気なく沈んで永遠に消えてしまいそうな気さえした。

珠代の指先がベージュのストールに触れたと思うとすぐに離れる。もどかしくも狂おしいせめぎ合いが続いた。

「もうすぐだ珠代さんっ。ご両親があなたの帰りを待っているんだっ。ずっとずっと、待っているんだっ」

その言葉が効いたのか、珠代がしっかりとストールの端をつかんだ。

何年もしまい込んでいたストールがこんなところで役立とうとは——

「いいですか、それを絶対に離さないで下さいっ」

両手でストールを握り、全力で引き上げようとする。だが珠代には自分の体を支えるだけの力は残っていなかった。ストールを離さぬよう握っているだけで精一杯なのだ。その力も明らかに間もなく尽きようとしている。

このままでは珠代さんは——

歯噛みする誠市の眼前で、いきなり珠代の体が大きく浮上した。珠代と一緒にここまで泳いできた北朝鮮の軍人だった。若いとは思えぬ彼が珠代を支え、持ち上げているのだ。

頼むぞ、そのまま持ちこたえてくれ——

ストールをたぐり寄せた誠市は、ついに珠代の手をつかんだ。その勢いで一気に彼女を甲板へと引き上げる。着ていたジャケットを脱ぎ、すぐに彼女の小さな濡れた体をくるんだ。

「広野珠代さんですか。あなたは広野珠代さんですね」

何度か問うと、彼女は震えながら微かに頷いた。

珠代さんだ——

体の底から湧き起こる言い知れぬ感慨をあえて押し殺し、誠市は北朝鮮の軍人が這い上がるのに手を貸した。彼は朝鮮語で礼のようにも聞こえる言葉を発したが、意味は分からない。

それでも誠市は彼に対して深々と頭を下げた。

「ここまで珠代さんを連れてきて下さって、本当にありがとうございました」

それから彼と手分けして、他の乗組員達の救助に当たった。今は一人でも多く助けることが先決だ。

「こっちじゃ、兄ちゃん、早う、早うせいっ」

小型漁船から年老いた日本人の漁師が手を伸ばしている。

呉鶴林《オハクリム》はなんとかして船に近寄ろうとするが、波は憎悪の壁となって行手を阻む。

老漁師は網を投げたり釣り竿を差し出したりと手を尽くしてくれているが、鶴林の体はあらゆる方向へと翻弄され、まるで無重力空間にでもいるかの如く自由が利かない。

駄目だ——

手足の感覚はとうの昔に失せている。目の前が昏くなってきた。全身がゆっくりと沈んでいく。

「通信長、しっかりしろっ」

突然上半身が海面に引き上げられ、耳許で力強い声が聞こえた。洪《ホン》副艦長だ。自らも海面で波に抗いながら、その逞《たくま》しい腕で懸命に支えてくれている。

「それでも海軍の軍人かっ。自分の命は自分でつかめっ」

なんという頼もしさか。この人がいる限り大丈夫だと、根拠もなく確信できる。

「気張れよ、兄ちゃん達、もうちょっとじゃっ」

大波に持ち上げられて老人の声が近くなった。日本語だが、何を言っているかは考えるまでもない。

盛り上がった波は、次の瞬間急降下して、鶴林《ハクリム》と昌守《チャンス》を船底より低い海面に叩きつける。

一旦沈んだ昌守が、波間から顔を突き出して叫んだ。

「いいか、次の波が来たらその勢いに逆らわず船に取り付けっ」

「はいっ」

盛大に海水を飲みながらはっきりと答える。

またも怪物級の大波が来た。二人の体が漁船よりも高く盛り上がる。昌守を真似て、鶴林は甲板を目指し勢いよく手を伸ばした。

波はしかし中途で竜巻のようにうねり、体がきりもみ状に回転した。眼前で漁船が急激に遠ざかる。失敗したかと思ったが、再び海面へと落下する寸前に老人が襟首をつかんでくれた。その力を借りて甲板に這い上がる。

副艦長は——

したたかに水を吐きつつ横を見る。昌守はかろうじて船縁《ふなべり》に手を掛けていたが、何かにぶつかったらしく頭から血を流し、大きく傾いた甲板から今にも振り落とされそうになっていた。

「副艦長っ」

咄嗟に手を伸ばし、昌守の太い腕をつかむ。すぐに意識を取り戻した昌守が、両手で鶴林の腕を握り返してきた。だが濡れた腕は容易に滑り、波もまた執拗に昌守の体を深淵へと連れ戻そうとする。

「副艦長、絶対に手を離さないで下さいっ」

日本人漁師と力を合わせ、昌守をなんとか引っ張り上げようと苦闘する。

昌守の腕はじりじりと下へ滑る一方であったが、その指が鶴林の腕時計に掛かり、落下が止まった。

今だ——

渾身の力を振るい、昌守を一気に引っ張り上げる。地響きにも似た音を立てて副艦長の巨体が甲板に叩きつけられた。

その瞬間、腕時計のベルトが切れた。

弾け飛んだ時計が宙に舞い、船首の上に落ちる。

「ああっ」

慌てて拾おうとしたが遅かった。波にさらわれ、時計は瞬く間に消えた。

それでもなおあきらめきれず、海へと身を乗り出そうとした鶴林《ハクリム》を、後ろから誰かが強く抱き留めた。

「駄目だ、時計が、海に……放してくれっ」

背後の手を払って振り返ると、息も絶え絶えの昌守《チャンス》が立っていた。

「追うんじゃない。海がおまえの未練を持っていってくれたんだ」

言葉もないとはこのことだった。

鳴動する甲板上で昌守を見つめていた鶴林は、諦念とともに込み上げてきた虚ろな笑みを隠さず呟いた。

「それが、前におっしゃっていた副艦長の答えなのですね」

頭部を真っ赤に染めて立ち尽くす昌守の体が、波のうねりでわずかに揺れる。鶴林にはそれが、どこまでも荘重に昌守が頷いたかのように見えた。

いわみの船橋で救難活動の指揮を執っていた鈴本は、護衛艦に阻まれていた漁船団が雪崩《なだれ》を打ったように突入し、救助にかかるさまをまのあたりにした。

込み上げる熱い思いに胸が詰まる。あの小型漁船の行為に、皆が等しく打たれたのだ。

しかし感傷に溺れている暇はない。早く救難活動を終わらせ退避せねば、潜水艦が沈んでしまう。その際に発生する渦は要救助者だけでなく、小型漁船やいわみ搭載艇まで否応なく引きずり込んでしまうだろう。

「船長、通信室からです」

眼前の救難活動を睨みながら西村の差し出す受話器を受け取る。

〈本部から命令の変更がありました。『巡視船いわみは漁船の安全に留意しつつ要救助者の救助活動に注力せよ』とのことです〉

梅原通信長の声は嗤《わら》っているようだった。当然だろう。救難活動はとっくに開始されている。それも端緒を開いたのは民間人だ。本部はアリバイ的に後付けで命令を変更したにすぎない。

「船長了解」

〈待って下さい、もっと大事な通信が入っています〉

梅原の声がにわかに喜色を帯びた。

「何があった」

さして期待もせずに問い返すと、

〈広野珠代さんのご両親が、新聞社のヘリで浜田に到着したそうです〉

「本当か」

受話器を握る手に力が籠もった。

〈はい、未確認情報としながらも北朝鮮潜水艦の亡命と珠代さんの帰還はすでにSNSで報じられているようです〉

国際VHFを受信した誰かがSNSで発信したのだろうか。

本来それは違法行為に該当するおそれがあるのだが、何もかも承知の上で実行した人達がいたとしてもおかしくはない。今の時代、一度ネットに流れた情報は瞬く間に拡散する。それに国民が反応し、マスコミが飛びついた。また大型漁船団の中には沈没しつつある潜水艦や護衛艦による妨害をスマホで録画している者も少なからずいるはずだ。それらの映像もいずれネットに流されることは必定であろう。

こうなると誤報であったと否定するのも困難だ。世の中を見ようともしない政治家達は一昔以上も前の感覚で、簡単に揉み消せると本気で考えていたのだろうか。いや、むしろ一昔前なら大きな社会問題となったはずの事件も、今や政府与党にとってはなんの脅威でもなくなってしまった。政治家は自分達の不正を堂々と隠蔽し、恥じることなく虚偽答弁を繰り返した。まるで私物の日記であるかのように公文書を無造作に改竄《かいざん》し、法律どころか憲法まで無視して政権を維持してきた。司法さえまともには機能せず、権力者による明らかな犯罪が裁かれることすらない。国民もマスコミもそのことに慣れきって追及しようともしない。正常な感覚が麻痺したまま常態化したのだ。だからこそ今回も、政治家は自分達に都合よく事を運べると甘く考えていたに違いない。

いずれにしても、そこには拉致被害者に対する共感どころか一片の関心も見出せない。最初からなかったのだ、与野党を問わず、日本の政治家には。

だが［広野珠代さん生還］というニュースだけは国民の反応が違っていた。

腑に落ちる。本部も慌てて命令を変更するわけだ。本部どころか、政府もさすがに対応を変更せざるを得なくなった。きっと自分達も、後から口裏を合わせるように命令されるものと予測できる。だがそんなことは取るに足らない些事でしかない。

広野珠代さんを乗艦させるという計画が誰の立案によるものかは知らないし、そこには自分達の安全を担保するという狙いがあったことは想像に難くない。それでも鈴木は海上保安官として、否、一人の日本人として、計画の立案者に感謝した。

ともかく、ご両親の到着を一刻も早く珠代さんに知らせてあげたい。

待て――肝心の珠代さんの安否はまだ確認されていない。

決断の遅れた己の優柔不断さが、今さらながらに悔やまれた。

「山崎は警救艇に乗っているな」

急いで西村に質す。

すべての巡視船には朝鮮語有資格者が乗船している。いわみでは山崎一等海上保安士が該当した。

「間違いなく1号に乗っています」

船内電話で確認した西村が返答した。


小型漁船の甲板で、珠代の側に立った東月《ドンウォル》は改めて周囲を見回した。

鈍色《にびいろ》に荒ぶる海は雲間から覗いたわずかな光に銅版画を思わせる光沢を見せ、理不尽な世界の悲劇、世界の諸相をどこまでも荘厳に示している。

大方の部下達は日本海上警察と大型漁船団に救助されたようだが、誰が生き残っているのかまでは判然としない。

皆無事でいてくれるといいのだが、早い段階で海に落ち、そのまま沈んでしまった者も決して少なくはないだろう。

そのことを考えると、暗澹《あんたん》たる思いがした。

「艦長っ」

聞き慣れた声に振り向くと、頭部から血を流した昌守《チャンス》が鶴林《ハクリム》の肩を借り、ふらつく足で甲板を踏みしめながら近寄ってきた。

「負傷したのか」

「大した傷ではありません。通信長のおかげで助かりました。艦長こそご無事で何よりです」

「他の者達は」

「白《ペク》機関長が他の船に救助されているのを見ました。弓《クン》航海長も無事です」

続けて鶴林が補足する。

「私が視認した限りではざっと十五人ばかり救助されています。それ以外はなんとも……」

「十五人か……」

艦長として東月は責任を感じずにはいられなかった。それを察して昌守と鶴林もまた黙り込む。

操舵室で船長らしい老人が何事か怒鳴っているのが聞こえた。察するに「船を出すぞ」と言っているらしい。状況が状況である。早く離脱しないと手遅れとなりかねない。

そこへ日本海上警察のボートが接近してきた。

「日本国海上保安庁です。そちらに日本人広野珠代さんは乗っていますか」

母船である巡視船からの指示を受けたのだろう。小型通信機を耳に当てた男が朝鮮語で叫んでいる。

東月《ドンウォル》も母国語で返答した。

「乗っています。ここにいます」

うずくまっていた本人も、腰を上げて振り返った。

珠代の顔を確認した『海上保安庁』の男は、小型通信機で何事か報告してから、さらに大声で伝えてきた。

「広野珠代さんにお伝えします。今度は日本語であったが、大体は東月にも理解できた。ご両親が浜田港で珠代さんを待っておられます。心をしっかり持って、どうかもう少しだけ頑張って下さい」

「えっ、お父さんとお母さんが」

氷柱と化していたかに見えた珠代が生色を取り戻した。

「本当ですか、本当なんですかっ」

会話はそこで終わった。双方とも急速に離脱を開始したからである。11号は完全に直立し、残すは艦首部分のみとなっている。

「お父さん、お母さん……」

珠代は両手で顔を覆い嗚咽している。長年夢見た親子の再会が叶うのだ。珠代でなくても泣かずにはいられまい。

「いけんのうっ、速度がちいとも上がりゃあせんっ」

船長の老人が蒼白になって怒鳴っている。船がなかなか進まない。それどころか、すでに後方へと引かれている。やはり時機を逸してしまったのだ。

乗船している全員が固唾を呑んで海面を見つめていたとき、
昌守《チャンス》が唸《うな》るような声を上げた。

「艦長、日本軍が」

見ると、日本軍の艦艇八隻がこちらへ直進してくる。

まさか——

最悪を超える最悪とも称すべき、忌まわしい予感に東月は震えた。

まさか自国民もろとも殲滅《せんめつ》する気では——

助かったと胸を撫で下ろしたそのときを見すましたかのように、圧倒的な絶望がやってくる。それが国を捨てた反逆者に対する宿命であるとでもいうのだろうか。日本もやはり共和国と同じ〈国〉でしかないというのか。

だが予期に反して八隻の艦艇は奇妙な動きを見せ始めた。

単縦陣を形成した八隻は両舷前進最微速で、わずかな慣性により波を立てずにゆっくりと進む。絶妙な操艦で漁船団や巡視船、それにこの船の後方で一隻ずつ並び、予想される渦の影響を防ぐため言わば防波堤の形を作ったのだ。同時に停滞していた小型漁船の速度が増した。

その隙に各船舶がかろうじて離脱していく。

東月《ドンウォル》は昌守《チャンス》と鶴林《ハクリム》とを交互に見る。二人ともそれまでの緊張が嘘のように破顔していた。

遠ざかるにつれ、日本軍艦艇の合間から、11号の艦首が完全に没していくのが見えた。巨鯨の涙にも似た一瞬の水飛沫は、傷つき衰え果てた老兵の断末魔のようでもあった。

そして後はもう何も聞こえない。

耳に入ってくるのは、ただ朝鮮東海《チョソントンヘ》の雨と風と波の音。やたらと騒がしい小型漁船のエンジン音は、弔鐘の音色よりも哀しく、葬送の歌よりも痛ましかった。

配属されたときから老朽艦であった潜水艦11号の最期である。

よくぞここまで戦ってくれた――

東月は11号の没した海面に向かって敬礼した。

それぞれの国が勝手につけた海の名称などどうでもいい——今はただゆっくりと眠ってくれ——

昌守も、鶴林も、そして他の生き残った乗組員達もそれにならう。珠代も両手を合わせて瞑目している。

辛吉夏《シンギルハ》の死体とともに潜水艦11号を呑み込んだ海は、何事もなかったかのように鉛色の顔を見せ、おそらくは四十五年前と同じであろう、人への拒絶と嘲笑とを示していた。

解説

郷原宏

いま日本で最もよく知られている人名は、おそらく大谷翔平と横田めぐみだろうと思います。この二人は、ほぼ毎日のように新聞やテレビで報道されていますので、たとえ現首相の下の名前を思い出せない人でも、そのフルネームと人となりを正しく言い当てることができます。これほど有名な日本人は、歴史上の人物を含めても、めったにいないと言っていいでしょう。

アメリカ大リーグ・ドジャースの大谷翔平選手は、いまや日本国民の希望の象徴です。アメリカに渡って活躍した日本人選手は、両手の指でも数え切れないほどいますが、大谷のように投打の両面にわたって圧倒的なパフォーマンスを見せつけた選手はいません。いま私の周囲には、彼の活躍を、まるで自分の孫のことのように自慢する幸福な老人がたくさんいます。

一方の横田めぐみさんは、大谷選手とは対照的に、いわば日本国民の恥と怒りの象徴です。一九七七年十一月十五日、新潟市立寄居中学校からの下校途中に北朝鮮工作員によって拉致されて以来ほぼ半世紀、被害者家族の必死の呼びかけにもかかわらず帰国は実現せず、その消息さえわからないというのが現状です。

歴代の首相は口をそろえて「拉致問題の解決は内閣の最優先課題です」と言いつづけてきましたが、この二十数年間、まったく進展が見られず、まさしく埒《らち》の明かない状態が続いています。「親が生きているうちに」という被害者家族の悲痛な叫びを耳にするたびに、どうしようもない無力感に苛《さいな》まれて胸が痛くなるのは、おそらく私だけではないでしょう。

では、この手詰まり状態を打開する方途はどこにもないのか。いや、まったくないわけではない。ある条件さえ整えば、不可能は可能に転じるかもしれない。ただし、そのためには、金正恩《キムジョンウン》の独裁体制に叛旗を翻す北朝鮮人民軍兵士の決起と、横田めぐみさん自身の勇気ある決断がなければならない。本書『脱北航路』は、そのわずかな可能性に生命を賭けた男たちの死闘を描く、すぐれて感動的な軍事冒険小説の傑作です。

二〇二二年四月、この作品が幻冬舎から単行本として刊行されたとき、私は日本にもついにフレデリック・フォーサイスやトム・クランシーに匹敵する本格的な国際冒険小説の書き手が現れたという手応えを感じて、ひそかに快哉を叫びました。フォーサイスもクランシーも、最近の若い読者にはいささか耳遠い作家だと思われますので、ここでしばらくオールド・ファンの昔話に付き合っていただきます。

フォーサイスは一九三八年、英国ケント州アシュフォード生まれ。空軍でジェット戦闘機のパイロットをつとめたあと、ロイター通信の特派員としてパリ、東ベルリンに駐在。六五年にBBCに移り、六八年に退社してフリーのライターに転身し、七一年にデビュー作『ジャッカルの日』でMWA最優秀長編賞を受賞して一躍世界的な人気作家になりました。

『ジャッカルの日』は、当時のフランス大統領ドゴールの暗殺計画という、実際にあった事件に取材したドキュメンタリータッチの国際諜報スリラーです。

アルジェリアの独立に反対する秘密軍事組織OASは二度にわたってドゴール暗殺計画を立てたが、いずれもフランスの情報機関SDECEの反撃にあって失敗。新たにOAS作戦主任になったロダン大佐は外部から暗殺者を雇うことにし、ジャッカルと名乗るイギリス人に五十万ドルで暗殺を委託します。

一方、OASの不審な動きに注目したSDECEはロダン大佐のボディーガードを拷問にかけて暗殺計画を聞き出し、司法警察のルベル警視が内務大臣によって捜査担当に任命されます。ここで追うルベルと追われるジャッカルという対決の構図が鮮明になります。ルベルは英米など七ヶ国の警察に協力を求めてジャッカルの情報を集めますが、その動きはすべて大統領府武官の情婦を通じてＯＡＳに筒抜けになっていました。ロダンは計画が挫折したことを知りますが、すでに単独行動に移っていたジャッカルに連絡する術《すべ》はない。そのころジャッカルは美しい男爵夫人との情事を楽しんでいたという、なんともスリリングでしかもロマンチックな物語です。

この作品はジャーナリストの国際感覚と小説家の想像力が理想的に協働したスリラーで、訳者の篠原慎はこれを「調査報道小説」と名づけました。フォーサイスはその後、『オデッサ・ファイル』（七二）、『戦争の犬たち』（七四）と世界的なベストセラーを連発、一度は引退を宣言しましたが、五年後に『悪魔の選択』（七九）で復活し、『第四の核』（八四）、『ネゴシエイター』（八九）で世界の読者を魅了しました。いずれの作品でも徹底した取材力を発揮し、『第四の核』では当時のソ連首相の執務室の机の配置まで調べたと発言して話題になりました。あとで見るように、この徹底した情報収集の姿勢は、わが月村了衛の作品にも貫かれています。

トム・クランシーは一九四七年、米国メリーランド州ボルティモアの生まれ。大学卒業後、保険代理業を営みながら小説を書き始め、一九八四年に『レッド・オクトーバーを追え』でデビューしました。アメリカに亡命しようとするソ連の潜水艦艦長の苦闘を描いた軍事シミュレーション小説で、のちにショーン・コネリー主演で映画化されて世界的なベストセラーになりました。こちらも潜水艦の仕様や諸式に関する詳細な情報と徹底した取材力に定評があり、その後の軍事シミュレーション小説ブームの出航を告げるファンファーレの役目を果たしました。

そのころ、日本でも従来の推理小説の常識を覆す大きなムーブメントが起こりました。その兆候をいち早く感知して「冒険小説の時代」と名付けたのは、いまは亡き文芸評論家、北上次郎です。北上のいう「冒険小説」には狭義の冒険小説《スリラー》のほかに、ハードボイルド、スパイ小説、アクション小説、犯罪小説など、かなり広範囲の作品が含まれていました。したがって、それらを全部ひっくるめて「ヒーロー小説」とでも名付けたほうが、あるいはわかりやすかったかもしれません。

いずれにしろ、一九七〇年代から八〇年代にかけて、北方謙三、船戸与一、志水辰夫、逢坂剛、大沢在昌、藤田宜永といった有力な新人が輩出し、ハードボイルドと冒険小説を中心とするヒーロー小説の一大ブームを作り出しました。その勢いは九〇年代に入っても衰えを見せず、髙村薫、桐野夏生らの女性作家も陣営に加わって、ヒーロー小説は性差を超越したミステリーになりました。

世紀をまたいで二〇〇〇年代に入ると、今度は警察小説が一世を風靡します。このジャンルは日本にも戦前からありましたが、新世紀の警察小説の特徴は、独断専行のはぐれ刑事や一匹狼を主人公にした作品が多いことで、私はこれを勝手に「公立探偵小説」と呼んでいます。大沢在昌の『新宿鮫』がこの「公立探偵小説」の元祖にして代表作だと言えば、わかる人にはわかっていただけるだろうと思います。

前置きが長くなりました。こんな昔話をしたのはほかでもありません。本書の作者月村了衛氏が登場する前にこれだけのヒーロー小説の歴史があり、彼はその方法的な成果を全部独り占めしたような恐るべき語り手だということを、若い読者に知ってほしかったからです。

本書の読者ならよくご存じのように、月村氏は一九六三年に大阪で生まれました。早稲田大学文芸学科在学中に清水邦夫、高橋玄洋に師事して脚本と演劇を学び、卒業後は予備校の講師をしながら脚本家としてデビューしました。

そして、二〇一〇年に早川書房から刊行した『機龍警察』をひっさげて鮮烈な小説家デビュー。これは従来のヒーロー小説に、いわゆる架空のSF的ガジェットを加えた新機軸の警察小説で、それまでの刑事捜査小説に慣れた読者の度肝を抜くに十分な快作でした。

この「機龍警察」シリーズは二〇一二年に第二作『自爆条項』で日本SF大賞を、二〇一三年には第三作『暗黒市場』で吉川英治文学新人賞を受賞するという快進撃を見せました。

そして二〇一五年には回転式拳銃が出てくる異色の時代小説『コルトM1851残月』で大藪春彦賞を、さらに同年ソマリアに派遣された自衛隊員の苦闘を描いた『土漠の花』で日本推理作家協会賞を受賞、二〇一九年には『欺す衆生』で山田風太郎賞を受賞して作家的地位を確立しました。

これらの作品に共通しているのは、山田風太郎ばりの奇想とクランシーばりの軍事情報、そしてフォーサイスも裸足で逃げ出す徹底的な取材力です。第二次世界大戦末期のインパール作戦を背景にした『機龍警察　白骨街道』（二〇二一）には、その特長が特によく表れていました。そしてもちろん、この『脱北航路』も例外ではありません。

《外灯もない闇夜の斜面を、車のヘッドライトが登っていく。ロシア製の軍用四輪駆動車UAZ《ワズ》が二台。未舗装の道であるから、どちらの光も小刻みに揺れている》。この冒頭の一節を読んで、私は早くも傑作の予感を抱きました。冒険小説の死命を制するのは最初の数ページの緊迫感だといいますが、ここには読者の心を驚づかみにして、いきなり物語世界に引き込むだけの切迫感とリアリティがあります。それが《闇夜の斜面を、車のヘッドライトが登っていく》という詩的な文体によってもたらされたものであることはいうまでもありません。

この車は総政治局敵工部の辛吉夏《シンギルハ》上佐が金正恩の特命と偽って、招待所に収容されている初老の日本人女性「兒《ジ》107号」を連れ出すためのものでした。この女性、広野珠代は四十五年前に島根県江津市の海岸で拉致されたことになっていますが、そのモデルが横田めぐみさんであることは間違いないでしょう。

辛吉夏は新浦港《シンポハン》に演習のため停泊中の攻撃型潜水艦に乗り込み、「兒107号」を艦長の桂東月《ケドンウォル》大佐に引き合わせます。この桂東月こそ本編の主人公で、外国人ながら日本のヒーロー小説史にその名を残すことになるだろうと思われる魅力的なヒーローです。

この潜水艦11号は海軍大演習の機に乗じて脱北し、日本を目指そうとしており、広野珠代は日本政府との取引材料です。乗組員は全員、海軍きっての潜水艦乗りといわれる桂艦長に心酔していますが、脱北の動機はそれぞれ異なっており、それがときに相互の反目や軋轢を生じさせます。政治局員と軍人はもともと犬猿の仲ですが、辛吉夏は特に叔父の不正を密告して出世したという経歴の持ち主だけに、彼を殺したいほど憎んでいる乗組員も少なくありません。作者は軍隊という階級社会におけるこうした人間関係と登場人物の性格を巧みに描き分けながら、潜水艦という特殊な物語空間を濃密に描き出していきます。

こうして潜水艦11号は新浦港を出航し、一路日本を目指すことになるのですが、もちろん司令部がそれを見逃すはずはなく、やがて息詰まる激戦が展開されることになります。物語のヤマ場はまさにその戦闘場面にあるといっていいのですが、ここでこれ以上物語の内容に立ち入るのはミステリー読者の「知らされない権利」を侵害することになるでしょう。

ですから、私は最後にひとことだけ申し上げておきます。この傑作を読んだ日付を、どうか大切に覚えておいてください。いつかきっと、あなたはその日が生涯最良の一日だったことを懐かしく思い出すことになるでしょう。

——詩人・文芸評論家

この作品は二〇二二年四月小社より刊行されたものです。

幻冬舎文庫

●最新刊
死命
薬丸　岳

余命を宣告された榊信一は、自身が秘めていた殺人衝動に忠実に生きることを決める。女性の絞殺体が発見され、警視庁捜査一課の刑事・蒼井凌が捜査にあたるも、彼も病に襲われ……。

●最新刊
わんダフル・デイズ
横関　大

盲導犬訓練施設で働く歩美は研修生。ある日、盲導犬の飼い主から「犬の様子がおかしい」と連絡を受け――。犬を通して見え隠れする人間たちの事情、秘密、罪。毛だらけハートウォーミングミステリ。

●最新刊
骨が折れた日々
どくだみちゃんとふしばな11
吉本ばなな

大好きな居酒屋にも海外にも行けないコロナ禍で、骨折した足で家事をこなし、さらには仕事で思いもよらない出来事に遭遇する著者。愛犬に寄り添われながら、日々の光と影を鮮やかに綴る。

●幻冬舎時代小説文庫
夫婦《めおと》道中
うつけ屋敷の旗本大家《おおや》　三
井原忠政

謎の三姉妹からの屋敷の店子になりたいという申し出。だが、姉妹の目的はある住人の始末だった⁉しかもここで借金問題も再燃。小太郎は、二つの難題を解決できるのか？　笑いと涙の時代小説。

●幻冬舎アウトロー文庫
総理を刺す
実録・岸信介襲撃刺傷事件
正延哲士

浅草の顔役・東五郎は戦後、大臣の要請で保護司となり自民党院外団幹部としても活躍する。周辺には常にヤクザと政治家。時は60年安保、右翼による総理刺傷事件が勃発。東は黒幕だったのか。

脱北航路《だっぽくこうろ》

月村了衛《つきむらりょうえ》

令和6年11月10日　初版発行
令和6年11月30日　2版発行

発行人——石原正康
編集人——高部真人
発行所——株式会社幻冬舎
〒151-0051東京都渋谷区千駄ヶ谷4-9-7
電話　03(5411)6222(営業)
　　　03(5411)6211(編集)
公式HP　https://www.gentosha.co.jp/
印刷・製本—中央精版印刷株式会社
装丁者——高橋雅之

幻冬舎文庫

ISBN978-4-344-43427-1　C0193　つ-10-2